STERREVEGTERS

Boek 4

Die Tweede Sterre Oorlog

ERIC VON BENECKE

Malherbe Uitgewers Publikasie

Outeur: Eric van Benecke
Voorbladontwerp: Ria Richards

Geset in Franklin Gothic 12pt

ISBN 978-1-997443-13-1
Eerste Uitgawe 2025

EPISODE 1

DIE TWEEDE STERRE OORLOG

1

114 miljoen ligjare van planeet Raggamajos geleë galaksie 2207

Ude Ramazor, die vreesaanjaende planeet wie se wentelbaan om drie sonne strek.

Ude Ramazor word genoem: Die dodelike planeet. So genoem deur die drie planete Zedikiah, Rashida en Talbot wie se sonne die baan weg vir Ude Ramazor.

Die tradisie is dat Ude Ramazor die drie planete aanval en die tradisie word voorgesit deur elke leier van planeet Ude Ramazor. Maar wanneer een van die drie planete aangeval word, bied hul verdediging. Die verdediging het so ver gegaan om kernwapens teen Ude Ramazor te gebruik.

Die skade was astronomies groot. Alle stede op planeet Ude Ramazor is in stof gelê.

Dit het meegebring dat Ude Ramazor nie weer in sy wentelbaan aangeval het nie.

Die drie planete het hul berus dat alle lewe op Ude Ramazor uitgewis is, min wetend dat lewe wel tussen die sterre 'n manier sal vind ...

Die stilswye is verbreek toe planeet Ude Ramazor die eerste planeet in die wentelbaan, planeet Zedikiah, onverhoeds aangeval het. Planeet Zedikiah is in puin gelê.

Planete Rashida en Talbot weet nou dat Ude Ramazor uit die dode gerys het ...

2

Honderdduisende oorlog-sterskepe vaar 'n bepaalde rigting in.

Lope van kanon-lasers en swaarkaliber laser-aanvalswapens is oor die dekke versprei. Missiellanseerders is ook oor die dekke versprei.

Al hierdie oorlog-sterskepe is afkomstig van planeet Rashida, die tweede planeet in die wentelbaan van planeet Ude Ramazor.

Tromp op uit die oneindige groot massiewe heelal neem 'n enorme sterskip vorm aan, sterskip Dodelike Valk. Maar tog wil dit voorkom asof die skip die heelal in beslag neem.

Oor die dek van sterskip Dodelike Valk word missiele se rooi voorpunte en agterste rooi stertvinne gesien.

Links onder sterskip Dodelike Valk, die planeet Ude Ramazor.

Die voorste oorlog-sterskepe lanseer vegtuie terwyl kanonlope ruk sodra swaarkaliber lasers geaktiveer word. Hul teiken: Planeet Ude Ramazor en sterskip Dodelike Valk.

3

Sterskip Dodelike Valk

Bo die toring waar die brug geleë is, loop 'n man doelgerig die brug binne. 'n Swart mantel is aan die man se liggaam. Sy lang wit hare hang verspreid oor sy skouers heen. Sy wit snor loop langs sy mondhoeke af tot op sy ken. Ysblou oë is stip voor hom gerig terwyl hy na 'n paneel loop.

Sy oë rus op die vrou met puntige kort hare.

"Generaal Zenobia, bring sterskip Dodelike Valk tot aanval gereedheid. Laat weet die grondmagte om die missiele te laat lanseer."

"Ek maak soos u beveel, Kilner Valkener. Die skild om Dodelike Valk word geteiken met kanonlasers, ek vrees missiele."

Terwyl generaal Ardell Zenobia aan die paneel gemonteerde toetsborde werk en opdragte gee, is Kilner Valkener se oë op die skerms.

Helderoranje bolle met laser-sterte tref die onsigbare skild. Ligte vibrasies vibreer deur die sterskip, Dodelike Valk.

Meteens tref wit voorwerpe die onsigbare skild, dit is missiele.

Met die geweld van oranjerooi vlammewolke ruk golwe gewelddadig met harde dreunings deur sterskip Dodelike Valk. Almal op die brug word rond geslinger en val rond, onder andere Kilner Valkener.

"Generaal Zenobia! Kry sterskip Dodelike Valk om op aanval oor te gaan, nou!"

Tog paniekerig werk generaal Ardell oor die toetsborde.

Masjinerie geluide klink oor die dekke van sterskip Dodelike Valk op. Dele vorm die dekke en rompe uit.

Sterskip Dodelike Valk word breër, langer en massiewer. Kanon-lasers en missiele kan duidelik in die dele gesien word.

Harde alarms word gehoor.

Na 'n tyd is die sterskip drie keer haar grootte. Sterskip Dodelike Valk beskik nou oor die vermoë om 'n planeet aan te val en te vernietig.

Vanaf planeet Ude Ramazor word meters lange missiele gelanseer. Die gronde dreun onder die wit wolke van die gelanseerde missiele.

Dit is sterskip Dodelike Valk teen oorlog-sterskepe. Die oorlog-sterskepe lanseer vegtuie.

Sterskip Dodelike Valk lanseer vegtuie. Die vegtuie is uniek aan sterskip Dodelike Valk verbonde.

Die vegtuie van sterskip Dodelike Valk straal met laserwapens wanneer vegtuie van die oorlog-sterskepe binne trefafstand is en vise versa.

'n Vegtuig van sterskip Dodelike Valk swenk na die kante en vermy so laserstrale. Die vlieënier hou sy oë op die vegtuig wat reg op sy vegtuig afgevlieg kom en laserstrale straal. Die vlieënier se oë is op skrefies soos hy konsentreer. Sy duim rus bo-op die stuurstang op 'n rooi knop. Wanneer die rooi knop ingedruk word, straal helderrooi laserstrale die vegtuig uit en verdwyn die aankomende vegtuig binne. Die vegtuig ontplof in helder rooi, geel en oranje vlammewolk.

Gekleurde laserstrale word tussen vegtuie gestraal.

Wanneer vegtuie ontplof, wolk rooioranje en geel vlammewolke helder teen die swart met sterre op wat gepaard gaan met ontploffings en dreunings.

Missiele van planeet Ude Ramazor tref van die sterskepe van planeet Rashida. Die sterskepe ontplof in dele op.

Ruimterommel sweef nou deur die ruimte.

4

Kilner Valkener se ysblou oë is woedend op skrefies getrek.

"Planeet Rashida, wil my stuit. Ek sal my nie laat stuit nie. Generaal Zenobia, laat weet die vlieëniers hulle moet veg om te vernietig."

Generaal Ardell praat oor die mikrofoon voor haar mond.

Dit wil voorkom asof laserstrale onophoudelik tussen vegtuie gestraal word.

Dreunings golf kort opmekaar deur sterskip Dodelike Valk soos missiele vanaf dekke gelanseer word.

Dit word 'n intense oorlog.

'n Hologrambeeld verskyn groot in die middel van die brug. Die beeld is van 'n man wat op sy maag lê. Bloed met sweet is aan sy gesig. Sy oë is starend en byna dof. Die swak oë is op Kilner Valkener gerig.

"Kilner my heer … hulle … hulle het my ontdek … Hulle het my gifstof ingespuit … Ek gebruik my laaste kragte … om …" Dit wil voorkom asof die man sy bewussyn gaan verloor.

Almal se oë op die brug is op die hologrambeeld gerig.

Kilner Valkener is paniekerig. "Rapporteer nét wat jy moet!"

"Dit is 'n plan … dat die oorlogskepe … Dodelike Valk buite aksie moet stel … Al die skepe en vegtuie is beman deur robotte …. Ahhh …"

"Sê die belangrikste!" gil Kilner Valkener weer.

"Ahhh … die doel met die aanval is … sodat … planeet Rashida … ahhh … kernwapens … daar gaan weer kernwapens teen Ude … aah …" Die hologrambeeld verdwyn.

Kilner Valkener se oë blits woedend. "Nie wéér nie!" Hy draai na generaal Ardell. "Programmeer skip Dodelike Valk reg in die sterrebaan vanwaar planeet Rashida die sterskepe lanseer het. Almal gaan sterskip Dodelike Valk oorboord, na planeet Ude Ramazor. Sterskip Dodelike Valk sal soos 'n komeet planeet Rashida tref. Dit sal meer kragtig wees as ziljoen kernwapens saam op een gebied."

'n Man in 'n uniform se klein oë rek verskrik. "Dit sal gruwelik wees. So 'n stap sal planeet Rashida uit haar wentelbaan ruk. Dit kan meebring …."

Kilner Valkener loop op die man af. Blitsvinnig is die laserlig van 'n laserwapen in die hand van Kilner Valkener geaktiveer. Hy swaai en steek. Die heldergroen laserlig steek regdeur die man se bors tot aan die agterkant van die rug uit. Wanneer die heldergroen laserlig verdwyn, val die man dood neer.

"Luitenant Guvir het gedink ek sou nooit van sy versteekte komplot weet nie. Hy was 'n spioen vir planeet Rashida! As enige een verraad teen my wil smee, bly aan boord van sterskip Dodelike Valk, want op Ude Ramazor gaan ek jou dood!"

Kilner Valkener kyk na generaal Ardell Zenobia. "Verander koers regop die gebied waar Rashida hul vegskepe lanseer. Die res van ons verlaat sterskip Dodelike Valk."

Ardell se oë is vraend gerek, maar Kilner Valkener loop smalende op haar af.

"My getroue generaal wat 'n getroue spioen geword het vir die regeerders van planeet Rashida. Ek gee aan jou 'n ere sterf saam met Dodelike Valk of sterf alleen."

Ardell het 'n strak gesig. "Planeet Rashida se gepleit vir vrede het my saggemaak. Planeet Rashida het by u gepleit vir vrede en sal so ver gaan, om aan Ude Ramazor sy baan te laat gaan om die drie sonne."

Kilner Valkener het 'n smalende blik. "Die probleem hier is dat Ude Ramazor nie sy baan gaan deel met ander planete nie ... Nooit!"

"Kilner, Ude Ramazor kan 'n eenheid vorm met die drie sonne en met planete Zedikiah, Rashida en Talbot."

Kilner Valkener kyk weer voor hom. "Almal oorboord na planeet Ude Ramazor!"

'n Geskarrel vind plaas.

Tuie met passasiers van sterskip Dodelike Valk, lanseer en daal benede na planeet Ude Ramazor. Maar daar word nog geveg met vegtuie van sterskip Dodelike Valk teen vegtuie van planeet Rashida.

Generaal Ardell Zenobia het haar hande op 'n toetsbord. Sodra die laaste tuig met bemanning sterskip Dodelike Valk verlaat, druk Ardell op 'n rooi flikkerende liggie.

"Ek hoop jy word hiervoor vergewe, Kilner Valkener."

Sterskip Dodelike Valk vaar reg op planeet Rashida waar dit in die verte vorm aanneem ...

Op planeet Rashida

'n Wese met 'n ovaal kop en groen blokkies huid met 'n bruin uniform aan, draai om en knik vir die wese agter 'n paneel.

"Lanseer groep sterskepe 12 en 14, Kolonel."

Die kolonel met 'n breë bruin kop met geel oë aan weerskante van die kop knik. "Soos deur u beveel, Generaal."

Die kolonel druk op 'n rooi knop. Massiewe sterskepe oor 'n gebied van meer as 100 kilometer lanseer.

'n Benoude geroep laat almal se oë rus waar die stem vandaan kom.

Die wese se drie oë in 'n driehoek gespasieer is gerek. "'n Massiewe voorwerp het planeet Rashida se atmosfeer binnegedring! Dit is 'n enorme sterskip. Die sterskip gaan ons binne 20 tellings tref!"

Die generaal swaai na die skerms en elke skerm asook hologrambeelde is van hoek tot kant die vallende sterskip. Soos die vallende sterskip deur die swaartekrag breek, borrel geelwit wolke om die skipromp op.

"Generaal, dit is sterskip Dodelike Valk!" gil nog bemanningslid.

Almal se oë is verskrik gerek.

Van die bemanning hardloop na buite. Wanneer hulle buite kom, verduister die vallende skip Dodelike Valk die son en 'n breë skadu val vreesaanjaend oor almal.

In die stede, gil bewoners vreesaanjaend. Dodelike Valk se skipromp verberg 'n gedeelte van planeet Rashida.

#

Wesens, onder andere die mens en kinders, se gille klink op wanneer die skipromp van Dodelike Valk planeet Rashida tref.

Stede word verberg onder die skipromp. Stofwolke borrel dik en solied die blou lug in op.

Die sterskepe wat met kernwapens gelaai is, word verberg deur die stofwolke en weens die fors van die inpak ontplof elke sterskip. Dit is wit wolke tussen bruin stofwolke.

Sampioenvormige wolke met oranjerooi vlamme tussen deur bevestig die kernwapens wat ontplof.

Die inpak van Dodelike Valk veroorsaak skeure oor die kors van planeet Rashida heen. Die skeure verdiep en verbreed.

Diep kors-bewings is so hewig dat planeet Rashida heeltemal vibreer. Dit veroorsaak dat alle stede regoor planeet Rashida tot op die grond verkrummel.

Stofwolke verberg die oppervlak van planeet Rashida.

Na 'n ruk is alle paniekbevange gille stil. Net dreunings word gehoor en gevoel.

Stofwolke lê dik en dig reg om planeet Rashida, sodat die planeet nie meer gesien kan word nie. Van die stofwolke versprei regdeur die atmosfeer en sweef op soos borrelende stof die swart met sterre binne.

7

Op planeet Rashida verskyn 'n diepte. 'n Ronde gat verskyn.

Aan die onderkant van planeet Rashida, verskyn 'n ronde hobbel.

Die hobbel word groter en groter soos 'n ronde gedeelte uit planeet Rashida geforseer word. Dan gly daar 'n rond-vormige gedeelte uit planeet Rashida en sweef weg van die planeet en so onder die stofwolke uit. Hoe verder die gedeelte wegvaar is die voorkoms van planeet Rashida 'n ring met 'n ronde gat in die middel.

Planeet Ude Ramazor

In 'n gebou loop Kilner Valkener 'n kamer binne.

'n Vrou met rooigehuilde oë loop op hom af. Die vrou het lang donker hare wat tot oor haar skouers verspreid hang. Sy het geelgroen kledingstukke oor haar tingerige liggaam aan. Haar regterarm, waar net 'n stompie is waar die hand weg is, is gerig op Kilner Valkener.

"Jy is 'n monster, Kilner Valkener!" snou Anleen Lindor hom toe.

"Is ek nou? Dan is ek! Maar ek sal nie toelaat dat Ude Ramazor weer met kernwapens vernietig word nie."

"Daar was onskuldiges soos kinders op planeet Rashida ..."

"Ag so? Wat van die onskuldiges soos kinders op Ude Ramazor toe planete Zedikiah, Rashida en Talbot kernwapens teen Ude Ramazor gebruik het?"

"Daar het 'n kind oorleef ... jy! Ek moes jou gedood het soos koning Po Sin aan my versoek het. Maar ek waarsku jou, Kilner Valkener, jy én jou moordlustige planeet sal gestuit word, hoor jy? Sal gestuit word!"

Anleen stap weg.

"Nie voordat ek my wraak verwesenlik het nie," sê Kilner Valkener uitdagend.

Anleen stop en kyk om. Haar helder ligblou oë straal haat wat gepaard gaan met woede. "Ons sal sien ..."

Kilner Valkener loop nader aan haar. "Jy kan teruggaan na jou planeet Zedikiah. Ek versoek jou om dit te doen."

Anleen loop dreigend tot teenaan Kilner Valkener. "Néé, Kilner, jy het my na Ude Ramazor gebring, as 'n gevangene. Ek sal op Ude Ramazor bly totdat ek self sien hoe jy en Ude Ramazor gestuit word."

Kilner Valkener se ysblou oë blits woedend. "Ek sal jou dood," sê hy met koue haatdraende stem.

Anleen glimlag uitdagend en fluister. "Ek kan skaars wag."

Anleen draai om en stap weg van Kilner Valkener.

Kilner Valkener kyk na die hologrambeelde van planeet Rashida.

Hy sien die digte stofwolke. Hy sien hoe die stofwolke 'n gat uitwys waar 'n gedeelte van planeet Rashida weg is. Sy tweede wraaksug was geslaagd.

EPISODE 2

DIE DODELIKE GEHEIM

1

Planeet Raggamajos

Dit wil voorkom asof dié permanente bewolkte planeet se dik opmekaar gepakte massa wolke, laer hangende is en meer grys wil voorkom as normaalweg.

Die dele waar reëns voorkom se woude het 'n soet gras, plante en modder reuk.

In 'n woud waar 'n misreën woed, en nie ver weg geleë is van waar swaar reëns voorkom oor dele van die woude nie, kan kap geluide gehoor word. Deur die dynserigheid van die misreën kan 'n massiewe hut gesien word. Voor die hut kan 'n kaal bo-lyf liggaam gesien word. Die liggaam is van 'n jong seun, sopas veertien. Sy liggaam is blinknat van die misreën, maar ook gesweet.

Dik welige swart hare is nat oor die seun se kop terwyl sy donkergroen oë gekonsentreerd is.

Bo die seun se kop strek sy sterk fris arms na bo en wanneer hy weer sy arms met krag na onder swaai, kan 'n massiewe byl se steel in sy hande gesien word. Die dowwe grys kop en skerp metaallem van die byl kap deur die houtstomp wat bo-op 'n afgekapte boomstomp vertikaal geplaas is. Die houtstomp val in twee stukke van die boomstomp af.

Die seun se natuurlike gespierde liggaam draai om waar houtstompe agter hom opgestapel lê.

Wanneer hy weer na die boomstomp draai, is 'n houtstomp in sy hand vasgeklem. Hy plaas die houtstomp vertikaal bo-op die houtstomp neer en bring die bylsteel na sy hand. Hy klem die bylsteel stewig in beide hande vas en bring die byl tot bo sy kop, swaai en kap.

Nie ver van die seun nie, verskyn harige enkels met lang breë voete met sandale aan wat uit die bosse geloop kom. Die voete in die sandale behoort aan 'n reus. Die reus het 'n los oorhang mantel van pels oor die liggaam.

Die 4 meter lank Ratattel-reus se bruin oë rus op die seun wat sonder moeite hout kap. Die reus, wie se gesig digbegroei is van bruin baard en snor, gaan stilstaan. Sy lang dik bruin hare hang in lokke.

Die breë lang hande wat om 'n karkas van 'n dier se pote gevou is, haal die karkas om sy nek af en plaas die karkas in die welige gras neer. Die hande gaan na die boog wat om die skouer gehaak is. Geruisloos haal die Ratattel-reus die boog van sy skouer af, asook die koker vol pyle. Hy plaas dit sagkens in die welige groen gras neer. Die hand gaan na 'n skede waar 'n kruis-hef van 'n massiewe swaard is. Die hand verberg die kruis-hef en wanneer die hand aan die kruis-hef trek, word 'n massiewe breë lem swaard uit die skede getrek.

Die reus kyk om heen en maak seker dat hy alleen is. Hy loop sluip-sluip op die seun af met die swaard se lem voor hom gerig, gereed om die seun mee aan te val en te steek.

Die seun swaai nou effens moeër die byl na die houtstomp wat bo-op die boomstomp geplaas is. Sodra die byl deur die houtstomp gekap word, hyg die seun na sy asem. Die houtstomp val in twee stukke van die boomstomp af.

Die seun swaai om, om nog 'n houtstomp te kry, maar twee massiewe hande wat aan 'n reus behoort en waar een hand 'n kruis-hef van 'n swaard vasklem, gryp die seun om die lyf.

Die byl val uit die seun se hande van groot skrik en hy word hoër opgelig. Hy word rondomtalie in die lug geswaai met 'n brullende lag wat volg.

Die seun hyg na sy asem van skrik. "Hoggaror! Sit my neer!"

Hoggaror laat die seun op sy kaalvoete staan en gluur nou die seun kwaai aan. Hy steek weer die swaard die skede binne.

"Lazinnerin Arrabel! Jy is al weer sonder jou hemp en skoene. Jy is sopnat van die reën. As jy snotsiekte kry laat ek jou die kruie kou en plaas van drink."

Lazinnerin druk sy hande in die sye. Sy donkergroen oë gluur Hoggaror uitdagend aan.

"Dis die woud dié, Hoggaror Bartok. En daar is nie 'n manier wat ek weer van daardie sleg kruiemengsel van jou drink nie. En ieder geval, geen snotsiekte sal voorkom nadat daar van daardie kruiemengsel gedrink is nie, so ek is gesond, dankie."

'n Glimlag speel oor die lippe van Hoggaror.

"Ek het vir ons 'n mooi kappala gejag vir die pot. Ek gaan vir ons lekker bredie maak met dik sous.

17

Daar is nou genoeg hout. Kom help my eers met die afslag."

Lazinnerin se oë blits opgewonde. "Ék wil die kappala afslag!"

'n Groot hand vou oor die skouer van Lazinnerin. "Nee, o néé, nie dié keer nie! Ek gaan jou leer hoe om 'n karkas af te slag. Verlede keer se probeerslag van jou, het jy die karkas verwoes."

'n Glimlag vorm oor die lippe van Lazinnerin. "Kan ons dit nou doen?"

Hoggaror wys in die rigting waar hy die karkas gelos het. "Gaan haal jy vir ons die karkas en bring sommer my boog en pyle ook saam."

Lazinnerin hardloop in die rigting wat Hoggaror wys.

2

Ver oor die woude heen, 'n grys kasteel. Die kasteel se mure het 'n ruwe tekstuur.

Weerligstrale is alom die kasteel met donderslae wat volg.

Binne die kasteel versprei die fakkels teen die mure 'n oranjegeel gloed oor die donkerswart gange heen.

Al wat die heersende stilte breek is die geknetter van die vlamme om die fakkelstokke met nou en dan 'n donderslag.

Binne 'n kamer is die geknetter van vlamme hoorbaar in 'n kaggel waar 'n helderoranje gloed verder weg van die kaggel versprei.

Die fakkels teen die mure van die kamer verlig 'n liggaam wat in 'n swart jas geklee is. Bo-op die man se kop is 'n swart ronde plat mus. 'n Patroonband is reg om die mus gebind. Dowwe grys hare steek onder by die mus uit. Die bleek geel gelaat van die gesig, gee die hoë ouderdom van die man weg.

Reg voor die man staan 'n lang grys hare liggaam wat aan 'n intellektuele Barakka spesie behoort.

Die man in die swart jas geklee draai voor die langhaar liggaam om, loop na 'n tafel en gaan op 'n stoel agter die tafel sit. Magkryger-meester Baladi vou sy vingers in mekaar en laat sy hande op die tafelblad rus. Sy dowwe neutbruin oë is stip op die ligblou oë van die Barakka, Quies, gerig.

"Dus, soos ek aan die Magkryger-raad verduidelik het: Ek wil die Kantan-krygers met Lazinnerin begin. Hoe meer krygers teen die Donkermag, hoe beter. Lazinnerin Arrabel het 'n sterk krygers-mag in hom, al besit hy nie die mag-Rommozor soos sy oorlede vader Lotario het, of sy broer Arnikin Arrabel nie. En ek wil dit so behou ook. Lazinnerin moet nooit uitvind van sy broer Arnikin nie, ook nie dat Arnikin hul vader Lotario gedood het nie."

"Dus wil u vir Lazinnerin in die geheim laat oplei?" maak Quies sy afleiding.

"Nee Quies, nie laat oplei nie, ek gaan hom myself oplei met jou en Hoggaror se ondersteuning daarmee saam. Ek wil hê jy moet die nuwe verwikkeling aan Hoggaror gaan meedeel, maar niks noem aan Lazinnerin nie. Ek sal hom myself daaroor inlig."

Quies is ongemaklik en nie gelukkig met die plan van Magkryger-meester Baladi met Lazinnerin nie. Lazinnerin het egter voor hom en Hoggaror grootgeword.

Nadat Quies vir Lazinnerin as baba van een van die drie tropiese mane van die tropiese planeet Bukurah hier na planeet Raggamajos aangebring het, het Lazinnerin onder die aanbeveling van mag-Rommozor in die Ratattel-reus Hoggaror se hut gebly en grootgeword waar Quies ook bly.

"Vergeef my, my heer. Ek stem nie saam met u plan om vir Lazinnerin as 'n kryger op te lei nie. Baie tragedies het al gebeur. Wat as hierdie poging van u wel gaan misluk?"

"Dan Quies, oorheers die Donkermag soos voorheen. En ek is bevrees, die Tallottara-gees en die Lawakoningin Yeva, dra alreeds kennis van Lazinnerin."

"Hoe gaan u Lazinnerin oplei sonder die medewete van die Tallottara-gees en die Lawakoningin Yeva? Dit is alreeds gevaartekens."

"Ek het reeds verskillende planete uitgesoek vir die doel. Ek hou die name van die planete eers vir myself en soos die opleiding vorder, sal ek die planete aan julle bekend maak. Maar gaan nou asseblief na Hoggaror. Ek is in beheer met die besluite wat ek neem."

Die Barakka Quies stap die kamer uit.

Wanneer Quies die swaar houtdeur agter hom toegetrek het, staan Magkryger-meester agter die tafel op en gaan in die middel van die vertrek staan. Hy swaai sy hand stadig voor hom en blitsvinnig is daar 'n deursigtige, maar duidelike beeld voor Magkryger-meester Baladi. Dié beeld is 'n gees geklee in 'n deursigtige blou kleed.

Magkryger-meester Baladi buig vlugtig voor die geestesbeeld. "Mag-Rommozor, ek is tot u diens."

"So, jou idee om nog 'n kryger-vorm in die lewe te roep sal die Tallottara-gees en die Lawakoningin Yeva stuit?"

Magkryger-meester Baladi skud sy kop. "U weet dat dit nie my siening is nie, U Hoogheid. Die probleem is, dat die Tallottara-gees en die Lawakoningin Yeva, nie stuitbaar is nie. Veral nie die Tallottara-gees nie. Die Tallottara-gees word teen die tyd kragtiger en kragtiger. So kragtig, dat die Tallottara-gees kan verdubbel. Hoe meer krygers in enige vorm, hoe beter kan daar teen die Donkermag opgestaan word."

"En jy dink dit kan deur Lazinnerin bereik word?"

Magkryger-meester Baladi gluur na mag-Rommozor. "Hy stam van u af. Torian is sy grootvader en deel ook die bloedlyn van die Magkrygers. U mag, u eie mag-Rommozor het sy vader, Lotario besit, alhoewel Lotario, uit twee uiters gevaarlike geeste die lig laat sien is, die Lawakoningin Yeva in vlees-vorm en die Tallottara-gees in gees-vorm, as Sadriza. Lotario se lewenspad kruis die met Jutta Arrabel en hul eersteling Arnikin Arrabel is gebore en Arnikin is die broer van Lazinnerin."

Daar is 'n ergerlik stem van mag-Rommozor. "Ek ken die geskiedenis! Asook dat Arnikin, 'n dubbel mag van my besit! Maar wat gebeur? Hy val in die boosheid van die Donkermag! En ek is bevrees, dat Lazinnerin wat geen mag van my besit nie, nie 'n kans sal staan teen bose euwels soos Lawakoningin Yeva en die Tallottara-gees nie."

Magkryger-meester Baladi het 'n uitdagende blik. "U onderskat my vermoëns, mag-Rommozor! Die Kantans, sal gelykstaande aan 'n Magkryger wees, alhoewel nie op dieselfde standaard nie. Ons het nie 'n keuse nie. Sou die Tallottara-gees kragtig word soos ek vrees, sal die Magkrygers nie alleen te staan kan kom teenoor die Tallottara-gees nie."

Mag-Rommozor het 'n uitdagende uitdrukking in die geestes oë. "Soos jy gesê het, die Tallottara-gees kan sy gees verdubbel?"

Magkryger-meester Baladi ontwyk die geestes oë. "Ja my heer, maar die Tallottara-gees, het nog nie sy sterkste kragte ontdek nie. En wanneer dit gebeur, sal ons hom met die kryger-magte moet stuit, bygesê as ons kan."

Beide gees en vlees se oë ontmoet ...

3

Naggeluide, met gromme en brulle van gediertes en monsters klink skrikaanjaend uit die woude op. Die geluide dring 'n massiewe hut binne.

Om 'n vierkantige tafel sit drie figure. 'n Ratattel-reus in 'n sitposisie oor die 2 meter. 'n Barakka wie se grys hare 'n oranje gloed van die vlamme het wat afkomstig is in die vuurmaakplek. Die vlamme lek knetterkraak aan vars houtstompe. Bo die vlamme aan 'n haak hang 'n ronde swart pot aan 'n handvatsel. Geurige kruie en speserye reuk is afkomstig uit die pot waarin 'n bredie prut.

Die jong seun Lazinnerin geklee in ligblou frokkie en bruin kortbroek sit langs die Barakka Quies en eet met smaak die bredie uit die houtbakkie met 'n houtlepel. Met sy ander hand se vingers breek hy 'n stukkie uit die broodrol langs hom. Hy doop die stukkie brood in die bredie met die dik sous en eet gulsig die broodjie.

"As ek nie van beter geweet het nie, sou 'n mens kon glo jy kry nie kos nie," sê die Ratattel-reus Hoggaror.

Quies het 'n glimlag, waar sy grys hare om sy lang Barakka-beer kakebeen deur die bruin sous van die bredie gevlek is. Hy druk die wit steel van 'n pyp deur sy lippe en geniet die tabak wat hy self kweek, rooster en geur.

Lazinnerin praat uit die hoek van sy volgestopte mond. "Julle is suinig met vleis wat lekker is, maar baie vrygewig as dit by groente kom."

Quies wil antwoord, maar daar word aan die hut se deur gehamer.

Hoggaror staan op en trek die swaard uit die skede aan sy lyf. Hy gaan voor die dwarsbalk staan en haal die dwarsbalk uit die hake. Hy sit die dwarsbalk teen die muur van modder en klei neer en trek aan die handvatsel. Wanneer die deur oop is, verlig die geel gloed vanuit die binnekant van die hut 'n liggaam wat in 'n swart jas geklee is, met 'n swart ronde plat mus oor die kop.

"Hoggaror," groet 'n stem.

"Magkryger-meester Baladi," groet Hoggaror terug en steek die swaard weer die skede binne.

Wanneer Magkryger-meester Baladi die hut binne loop, maak Hoggaror die hut se deur toe en 'n rammel klink op soos hy die dwarsbalk terug oor die hake sit.

Magkryger-meester Baladi se oë rus op Lazinnerin, wat hom al kouende glimlaggend met 'n knik van die kop groet.

"Sien jy geniet jou maaltyd terdeë, Lazinnerin," sê Magkryger-meester glimlaggend.

Lazinnerin sluk die kos af.

"Die min kere wat ek kan, meester Baladi, want Hoggaror sal groente verdubbel as hy nie lus het om vleis vir die pot te jag nie."

Magkryger-meester Baladi kyk glimlaggend na die Ratattel-reus Hoggaror wat op die stoel gaan sit het.

"Ek sou dit ook so verkies, Hoggaror. Eerder meer groete as vleis."

Lazinnerin wat weer kos binne sy mond het stik byna aan die kos en sluk die kos af. "Moet hom nie daartoe aanmoedig nie, meester Baladi, ek sal sterwende vergaan van hongerte!"

Magkryger-meester het 'n ernstige blik terwyl hy Lazinnerin aangluur. "Nie nadat ek jou opgelei het nie. Jy sal 'n balans handhaaf wat geen kos sal bevoordeel nie én ek verseker aan jou dít, jy sal nie van hongerte tot sterwe kom nie."

Lazinnerin het intussen die houtlepel in die leë houtbakkie laat sak. 'n Vraende blik is op die gesig van Magkryger-meester Baladi gerig.

"Ek verstaan nie? Maar ..." Lazinnerin kyk nou na Hoggaror. "Kan ek asseblief, nog bredie kry?"

Hoggaror wil opstaan, maar Magkryger-meester Baladi wys sy hand aan Hoggaror om te bly sit. "Nee, hy het genoeg gehad ..."

Magkryger-meester Baladi kyk uitdagend na Lazinnerin. "Jy sal antwoorde kry terwyl ek jou oplei."

Lazinnerin wil daarop 'n vraag vra, maar Magkryger-meester Baladi antwoord alreeds. "As 'n Kantan-kryger. Ek gaan jou oplei as 'n Kantan-kryger. Voorlopig is dit genoeg vir jou om te weet."

Sonder om sy oë van Lazinnerin te neem, beveel Magkryger-meester Baladi. "Quies, kry die sterskip op gereedheid waar dit iewers tussen die woud geland staan. Eers wanneer ons tussen die sterre is, sal ek aan jou die planeet bekend maak waarheen ons ster."

Quies kom tog voor of hy in 'n slegte bui verkeer aangaande die opleiding van Lazinnerin. Hy plak die pyp op die tafel neer, staan op en loop na die hut se deur. Die gerammel is byna oorverdowend hard soos Quies die balk oor die hake afhaal en die balk teen die muur laat val.

25

Baladi kyk ergerlik na Quies. "Is dit nou nodig van jou om so 'n lawaai op te skop?"

Wanneer die deur oopgemaak word, klink nag insekte luid die hut binne, met grommende geluide van gediertes en monsters tussen in.

Quies loop na die woud.

Baladi kyk Quies kopskuddend agterna.

"As dít jou goeie bui is, wil ek jou nie in 'n slegte bui sien nie."

4

Dit is stikdonker hoe dieper die woude heen. Helderpers weerligstrale wat gevolg word deur harde donderslae skep 'n spookagtige vreesaanjaende beeld.

Verder van die woude heen 'n hoë berg wat omring word deur helderrooi gloeiende lawa. 'n Dreuning gevolg deur 'n knal word van die bo-punt van die berg gehoor en meteens bruis 'n sterk stroom helder oranjerooi lawa soos 'n fontein die opening van die bo-punt uit. Die lawastroom is verblindend hoe hoër dit na bo spuit. Vir 'n oomblik verkleur die lawa die oorheersende nagtelike omgewing in 'n rooi gloed voordat die lawa teen die walle van die berg neerval en met die walle afstroom tot teenaan die voet van die berg, waar strome van lawa inmekaar vloei.

Binne 'n grot en nie ver van die aktiewe lawa-berg nie, verlig vlamme om fakkelstokke vier figure dieper die grot heen.

Die oranje gloed van die fakkels verlig 'n gesig. Net die oë van die gesig is sigbaar met 'n swart doek wat oor die neusbrug gebind is. 'n Litteken van 'n sny begin in die linkerkantse ooghoek teenaan die neusbrug en loop verder met die wang af tot waar die sny binne die doek verdwyn.

Langs dié jongman is die figuur van 'n jongvrou. Haar heldergeel-blonde hare is in stringe gevleg waar die punte van die stringe aan haar enkels van haar stewels raak. Ten spyte van haar tweestuk kleredrag, blink haar liggaam as gevolg van die hoë hitte in die grot. Haar skerphoekige groen oë is starend voor haar gerig op 'n swart kleed met 'n kappie oor die kop. In die opening van die kappie word geelwit lang breë slagtande gesien wat uit die boonste kaak van 'n bruin skedel vorm. Gate is in die middel van die skedel, asook langs die kante van die skedel.

Langs dié kleed van die skelet en skedel sweef 'n kleed met geen ledemate in die openinge van die kleed nie, dus is dié kleeddraer, 'n gees.

Die jongman met die swart doek oor die neusbrug, begin om te praat. "Ek sou graag Lazinnerin Arrabel, wat my broer is, blootstel aan die Donkermag," sê Arnikin Arrabel.

'n Diep stem word uit die kappie van die onsigbare kleeddraer gehoor.

"Néé Arnikin, nie Lazinnerin nie, maar iemand wat baie kragtiger sal wees."

"Lazinnerin is my broer, Tallottara-gees meester," hou Arnikin vol.

Die Tallottara-gees sweef nader aan Arnikin. "Ek wil hê dat Lazinnerin opgelei moet word as 'n Kantan-kryger waarna Magkryger-meester Baladi streef. Ek het ander planne met Lazinnerin. So hou jou afstand."

"Hoe weet jy van die Kantan-kryger met Lazinnerin?" vra Arnikin wat die vir eerste keer hiervan hoor.

"Die Donkermag weet alreeds, soos gewoonlik."

'n Sagte meisiestem is van die skedel. "Dit is van uiterste belang dat 'n hoë standaard van geduld gehandhaaf moet word, in die belang van die Donkermag. Lazinnerin gaan as Kantan-kryger deur die Donkermag gemanipuleer word om gebruik te maak van 'n item, maar dit sal alles aan jou geopenbaar word," verduidelik Lawakoningin Yeva.

Arnikin trek sy oë vraend en kwaai bo die doek. "Julle wil Lazinnerin op 'n tyd dood?"

'n Diep stem is van die leë opening kappie van die kleed. "Dit sal tot ons voordeel strek, Arnikin."

"As Lazinnerin se gees verlore gaan ..."

Arnikin kan nie sy dreigement verder bekragtig nie, of 'n onsigbare geesteshand tref hom deur die gesig sodat hy op sy rug te lande kom.

'n Grommende brullende stem kop van die leë kappie, dit die Tallottara-gees. "Jy dreig my nie, Arnikin Arrabel! Vir eers bly jy op die agtergrond, maar waag dit net naby Lazinnerin se opleiding en jou gees se gille sal tot by die raad van Magkryger-geeste gehoor word!"

Die Tallottara-gees kleed swaai met wind geluide om en verdwyn deur die muur van die grot.

Die skedel van die Lawakoningin Yeva met die lang breë geelwit slagtande se leë oogkasse is op die lêende Arnikin gerig.

"Gehoorsaam jy ons Arnikin, en ek gee jou my woord Lazinnerin sal as 'n Kantan-kryger voortgaan, maar hy gaan getem word."

Arnikin, met Balanka Merzer langs hom, loop die opening van die grot uit.

Weens dat die vulkaniese berg nie ver van die grot af geleë is nie, word die omgewing in 'n donkerrooi gloed verlig.

Arnikin het 'n woedende gluur en spreek sy ongelukkigheid uit. "Wat se nonsens is dit om dit goed te keur dat 'n kryger-mag deur middel van Lazinnerin op die been gebring moet word? Iets rym nie! Lazinnerin beskik nie oor die mag-Rommozor nie, maar tog word hy aangewend vir die ontstaan van 'n kryger-mag!"

Balanka kyk ongemaklik om haar heen.

"Kalm word, Arnikin! Die Lawakoningin Yeva en die Tallottara-gees weet wat hul doen."

"Hulle is te verseker van hulself, Balanka!"

Balanka gaan stilstaan. "As my vader, Drako, moet uitvind jy ontferm jou oor 'n bloedverwant wat nie aan die Donkermag verbonde is nie, sal hy so ver gaan om jou as 'n vyand van die Donkermag te sien! Jy is deel van die Donkermag, soos my vader en ek is, en dit sluit die Tallottara-gees en die Lawakoningin

Yeva in. Wat van Lazinnerin gaan word het geen belange vir jou nie, totdat jy beveel gaan word om dade uit te voer in die belang van die Donkermag. Al is dit om Lazinnerin te dood."

Arnikin, wat ook stil gaan staan het, voel hoe woede in hom woed.

"My moeder, Jutta Arrabel, het 'n band met my gesmee en Lazinnerin is van haar bloed!"

Balanka kyk uit die hoogte na Arnikin en dit is asof die nagtelike geluide harder word, met 'n brul en grom tussen in. Sy gooi haar kop na agter en haar heldergeel-blonde hare kom in lyn.

"Jou moeder was nie deel van die Donkermag nie en was dus as 'n vyand gesien, soos jou sogenaamde broer Lazinnerin nou 'n vyand is. Gelukkig is jou moeder nie meer 'n faktor nie, sy ís dood. En as die kans sy opwagting maak gáán Lazinnerin gedood word en dit dra alreeds 'n waarborg deur die Donkermag."

Dié woorde van Balanka, laat Arnikin alle beheer oor sy woede verloor.

Sy hand gaan na die sekellemwapen se opvoubare steel. Blitsvinnig het hy die dubbel sekellemme uit die skede en wanneer die steel reguit is, is 'n sekellem aan elke punt.

Hy staan in 'n aanvalsposisie. "Trek jou woorde terug, Balanka!" Arnikin is waansinnig.

"Ek sal jou oortuig van my stelling!" dreig Balanka.

Balanka gooi haar kop na voor en die stringe heldergeel-blonde hare vou soos 'n sweepslag oor die voorarms van Arnikin.

Arnikin gil van pyn, maar swaai terselfdertyd heeltemal om, sodat die heldergeel-blonde stringe om die lyf van hom draai. Hy spring met fors agteruit, sodat die stringe styf span en Balanka vorentoe geslinger word. Sy val gesig eerste op die swart donker grond neer.

Arnikin tol met sy lyf om en so is die stringe los van sy lyf. Hy voer vinnige bewegings uit en die sekellemwapen word so geroteer dat wind en kap geluide gehoor word. Nou en dan kan 'n silwer streep van die lemme deur die donkerrooi agtergrond gesien word.

Balanka het intussen opgespring en die sekellemwapen in haar hande roteer net so vinnig soos Arnikin s'n.

Sy spring die lug in op, buig haar liggaam bollemakiesie bo-oor Arnikin en land op haar stewels reg agter hom.

Arnikin swaai blitsig om.

Balanka spring vorentoe terwyl die sekellemwapen van haar vinniger geroteer word. Die sekellemme van die sekellemwapens, raak met die roteer teenaan mekaar. Harde kling geluide klink op en helderoranje vonke skiet in alle rigtings heen. Beide sekellem-wapenhanteerders is vlugvoetig.

Arnikin en Balanka se oë is gekonsentreerd, maar Arnikin s'n het ook 'n blik van woede. Hy trek sy gesig van konsentrasie en skop in die lug. Sterk telekinetiese krag tref Balanka reg in die maag en met die fors word sy agtertoe geslinger en tref 'n rots met haar rug. Sy klou die steel van die sekellemwapen stywer vas terwyl Arnikin al roterende met die sekellemwapen op haar afstorm.

Balanka kners op haar tande en skop skuins die lug in op. 'n Sterk telekinetiese kragskop tref Arnikin tussen die bene op. Met die skop word hy boude oor kop geslinger en val op sy rug voor Balanka neer. Hy wil kreunende regop kom, maar Balanka druk die snykant van die sekellem teen sy keel. Sy trek aan die steel en die lem sny oor die kraag van die kleredrag. Die kraag sprei oop en die borskas van Arnikin word ontbloot. Bo-op sy bors lê 'n plat vierkantige swart deursigtige steen met driedimensionele kleure binne, met gekleurde toutjies waar dit om sy nek gaan.

Balanka gryp na die steen, maar 'n stewel tref haar met mening teen die ribbes, sodat sy na die donker afgrond val. Die steen is nog op die bors van Arnikin.

Hy spring op en loop verskrik na die afgrond, maar kan niks in die donker afgrond te sien kry nie.

Meteens, duik Balanka met 'n bollemakiesie van onder die afgrond op, bo-oor Arnikin en land reg agter Arnikin op haar stewels.

Hy swaai om.

Blitsvinnig pluk Balanka die sekellemwapen uit die hande van die verbaasde Arnikin en beide sekellemwapens is in elke hand. Sy begin verskillende bewegings met haar hande uitvoer en die sekellemwapens word vreesaanjaend geroteer. Vir die eerste keer voel Arnikin hoe vrees hom oorheers. Hy tree agteruit om rukkerig sy stewels te beheer. Hy weet dat die afgrond baie na aan sy voete is. Sy gesig bo die doek is blinknat van vrees. Hy kan nog nie lug en leegte tot sy voordeel gebruik, soos Balanka nie. Hy gaan hom dus doodval.

Blits vinnig stop Balanka se hande en die wind en kap geluide van die roterende sekellemme staak.

Sy kap met beide sekellemme oorkruis na Arnikin se bo-bene en opwaarts. Die snykante van die sekellemme kap weerskante van sy dye binne. Arnikin staan en maak rukbewegings en kreun van die pyn. Hy voel hoe bloed teen sy bo-bene in strale afloop.

"Ek maak van jou 'n gesnyde man en niemand sal my verkwalik nie, want dan kan jy getem word in die Donkermag waarin jy is! Nou my waarskuwing: Lazinnerin is jou vyand, én jy sal jou nie oor hom ontferm nie! En verder, ek het jou opgelei in wapens nét dit wat ek jou wou leer. As jy weer 'n wapen teenoor my opneem, kap ek alles af wat hang ... Dè! "

Balanka hou die een sekellemwapen na Arnikin toe uit. Sodra hy die sekellemwapen kreunende neem, draai Balanka om en loop van hom af weg.

Wydsbeen wat gepaard gaan met pyn, loop Arnikin in die rigting waarin Balanka geloop het.

5

Verloop van ligjare (afstand tussen die sterre)

Die sterskip versnel teen hiper ligspoed voort tussen die sterre en is dus onsigbaar.

Gekleurde newels word nou en dan sigbaar deur die brug se vensters.

Op die brug wys driedimensionele hologrambeelde sterre en planete soos die swart planeet met rooi gloeiende stroke, planeet Thoror. Die planeet wat heel laaste in sonnestelsel Skalia voorkom.

Waar die sewe sonne in 'n kring, net as 'n klein helder spikkel sal voorkom en net as 'n klein ster deur die mens se oog gesien sal word. Omdat planeet Thoror so ver weg van die sewe sonne van sonnestelsel Skalia geleë is, is planeet Thoror die koudste planeet in sonnestelsel Skalia. Ook omdat die natuur geen sonlig ontvang nie, is die woude swart op swart. Lawaspuwende berge kom regoor planeet Thoror voor.

In een van voorste stoele op die brug sit Magkryger-meester Baladi en langs hom, 'n ouer en meer volwasse Lazinnerin van 19.

Quies en Hoggaror is iewers besig in kajuite van die sterskip.

Lazinnerin se oë is op die loodspaneel voor hom gerig.

Magkryger-meester Baladi kyk weer voor hom nadat hy na Lazinnerin gekyk het. Wanneer Magkryger-meester Baladi praat, is daar 'n glimlag op sy lippe.

"Ek het tot die uiterste gegaan met jou opleiding, Lazinnerin. Ek het jou geneem na planeet Kiaton en jou laat oplei in die gevorderdste laserwapen tegnologie. Jy kan enige laserwapen hanteer. Op planeet Barrazon, een van die mees ongetemde planete tussen die sterre, was jy blootgestel aan swerms van skurke, uitvaagsels en booswigte. Jy was meer as eenkeer met jou rug teen die muur vasgekeer, maar jy het jou weg oopgeveg, al was die dood jou enigste uitkoms.

"Op planeet Koilu, was jou oorlewing getroef met reuse spinnekoppe, slange en gediertes. Kannibale het ook in jou belanggestel. Ek moet erken, toe een kannibaal jou met 'n spierverslapping-pyltjie met sy blaaspyp geklits het, was ek gereed om in te tree. Maar jy het presies gedoen soos ek van jou verwag het. Toe jy, hoe swak ook al, een spier kon beweeg, het jy jou gees se kragte oorheers. Hulle was geskok toe jy jouself uit die toue bevry het. Jy was soos blits in die woud heen."

Lazinnerin kyk met 'n glimlag na meester Baladi.

"Ek het jou gebring na sonnestelsel Skalia. Ek het jou op planeet Chukara gelos wat baie na aan die sewe sonne is. Jy was aan erge hitte blootgestel met minimum water aan jou, maar jy wys aan my deur jou hologram-joernaal daar is lewe op daardie dorre planeet? Ek het nie geweet nie."

"Maar meester, as 'n Magkryger behoort jy tog te weet ..."

"Néé Lazinnerin, tussen die sterre gebeur die onmoontlike baie vinniger as wat jy besef! Geen Magkryger, selfs 'n mag-gees, is in beheer met die kennis van die heelalle nie. Nuwe planete maak hul verskyning, asook lewens."

Voordat Lazinnerin verdere vrae kan vra, praat Magkryger-meester Baladi alreeds. "Ek sal weer na jou hologram-joernaal kyk. Ek hou nie daarvan wat ek gesien het nie, maar dit is nie nou van belang nie. Op planeet Kantara, die sneeu en ys planeet ook hier te vinde in sonnestelsel Skalia, was jy verbaas én verward met die lewens-spesies waarmee jy te doen gekry het. Die Rossasse en die Lahase. Hulle liggame is gelykstaande aan Quies se Barakka lyf."

Lazinnerin frons. "Maar meester, die Rossasse is meer ontwikkeld, as die Lahase. Die Rossasse besit gesofistikeerde wapens en tuie, teenoor die Lahase se oeroue tradisies. Lahase het kruisboë en ry op sneeu-diere. Daar word teenoor die Lahase gediskrimineer."

"Gewoonlik die wat ontwikkel en vooruitgang maak diskrimineer teen die wat baie stadiger ontwikkel. Dit gaan alles om mag besit."

Lazinnerin kyk na Magkryger-meester Baladi. "Al is ek nie 'n Magkryger soos u nie, maar 'n Kantan-kryger in wording, het u my opgelei om sekere aspekte met my gees te doen. Ek voel deur my gees aan, u is onrustig en in stryd gewikkel met u besluit oor my finale opleiding op planeet Thoror."

Magkryger-meester Baladi het 'n onrustige lyftaal. "Jy moet in alle situasies gekonfronteer word, ook in situasies waar daar geen, én ek bedoel géén beskawing voorkom nie. Daar waar die dood as die enigste heerser regeer. Planeet Thoror se ontstaan in sonnestelsel Skalia is baie geheimsinnig. Omdat planeet Thoror swart is, het baie planeet-verkenners wel die meeste, planeet Thoror nie opgemerk nie. En in eons bereken, maar ook nie so lank terug nie, het planeet-verkenners spoorloos weggeraak, asook die sterskip. Daar was geen aanduiding dat die sterskip deur 'n suiggat ingesuig is nie.

"Verkenners is op die roete van die planeet-verkenners gestuur en het hul ook net so verdwyn. Ek, nog in opleiding as 'n Magkryger, is saam met my meester gestuur om ondersoek te gaan instel om antwoorde te bekom oor die verdwyning van die planeet-verkenners. Ons het teen hiper maal hiper ligspoed vanaf planeet Raggamajos gester en net waar die planeet-verkenners vermis geraak het, het ons uit ligspoed geanker. En daar reg voor ons, was 'n swart kol waar die sterre nie geskyn het nie. Dit was 'n planeet. Ons het na die planeet gesak en hoe nader die sterskip aan die planeet gevaar het, kon ons rooi gloeiende stroke sien wat toe later bekend geword het as lawa-spuwende berge."

Magkryger-meester Baladi sug.

Lazinnerin het 'n vraende blik. "Maar meester, wat het gebeur? Kon julle die vermiste verkenners opspoor?"

"Net dit wat oorgebly het, beendere en skelette. Ons het met 'n ondersoek begin en kon nie oor die verkenners se dood nie vasgestel het nie. Ons wou terugkeer na die sterskip, maar was omsingel. Ek sit nou langs jou, as 'n bewys ek het oorleef, maar my meester is gedood. Sy gees het na planeet Raggamajos teruggekeer. Die raad van Magkrygers het ieder geval na lang oorweging, 'n besluit geneem. Ek moet 'n Magkryger word. My meester het weer vlees en bloed oor sy gees ontvang, maar is nou deel van die raad vir Magkrygers."

Lazinnerin het 'n verwarde tog 'n kwaad blik. "Maar meester! Jy sê nie vir my wat julle aangeval het nie!"

"Die rede daarvoor is, ek wil jou onvoorbereid op Thoror alleen laat. Net jy, jou gees en wapens. Jy sal gou die antwoord van jou vraag ontvang. Jy gaan te doen kry met dit wat ons aangeval het. Ek gaan jou nie inlig nie, jy moet dit eerstehands ervaar."

Vir die eerste keer voel Lazinnerin nie meer so seker van homself nie en sy vertroue in Magkryger-meester Baladi is onseker.

6

Op planeet Thoror

Dit is swart op swart, so asof die dood planeet Thoror regeer.

Die enigste lig wat gesien kan word is die skitterende sterre. Die skitterende sterre is so helder so duidelik en so naby sigbaar, so asof daar tussen die sterre beweeg word.

Geen maan geen nabye son, net swart met sterre.

In 'n swart op swart woud, word die hoë fyn fluit geluide van masjinerie van 'n sterskip gehoor.

Beligting uit vensters verlig alom die sterskip waar dit met die landingstoestel geland het.

Onderaan die boeg van die sterskip gaap 'n opening waar 'n beligte loopbrug tot op die grond strek. Die loopbrug word gehys na die opening. Wanneer die loopbrug in die opening seël, word harder masjinerie gehoor en die sterskip styg stadig na bo.

Spreiligte vanaf die boeg van die sterskip verlig die swart op swart woud. Geen groen, geen bruin. Alles swart op swart. Soos die sterskip na bo styg, verdof die spreiligte tot af, en al wat van die sterskip gesien kan word is die gloeiende blou van die masjinerie. 'n Harder dreuning word gehoor soos die sterskip na die sterre styg. Na 'n ruk smelt die sterskip saam met die skitterende sterre.

Dit is asof die donkerte soos 'n swart kombers om en oor die figuur toesak. Die kop van die figuur beweeg van links na regs. Oor die kop is 'n toestel van nagvisielense voor die oë.

Lazinnerin se oë kyk onrustig deur die nagvisielense. Alles waarna hy kyk is in liggroen beelde.

Onbewustelik rus sy hande bo-op die wapens in holsters wat om sy lyf gebind is.

Lazinnerin begin om te loop. 'n Diep grommende gebrul laat hom egter in sy spore retireer.

Hy kyk angstig om hom heen. Die gebrul het te naby aan hom geklink.

Sonder om te kyk, laat hy sy regterhand aan 'n laserwapen raak. Die laserwapen word uit 'n holster gehaal. Onseker en rukkerig tree Lazinnerin vorentoe.

Meteens tref 'n swaar gewig vir Lazinnerin teen die regterblad sodat hy vorentoe struikel, maar hy hou sy balans.

'n Swart kreatuur val met 'n diep grom 'n ent voor hom neer.

Lazinnerin wat nog op albei voete staan, se oë is gerek agter die nagvisielense.

Nog 'n swaar gewig tref hom teen die linkerblad en hy kom op sy maag te lande. Die toestel met die nagvisielense is nie meer oor sy kop nie, maar lê 'n ent weg van hom. Deur die sig van Lazinnerin se oë is alles blind van die swart donkerte. Hy klou aan die laserwapen in sy hand. Wanneer hy voor hom kyk, haal hy hortend asem van vrees. Rooi gloeiende pare oë is aan weerskante voor hom.

Witgrys tande in agt rye vorm die rand van massiewe oopgerekte bekke onder die pare helderrooi gloeiende oë. Diep grom-brulle kom van die oopgerekte bekke.

Lazinnerin sluk hard. "So, nou verstaan ek. As ek geweet het van julle, sou ek nie my voete op hierdie planeet gewaag het nie, maar nou ís my voete op hierdie planeet en julle staan tussen my en oorlewing."

Die sterskip vaar stadig tussen die sterre.

Op die brug agter 'n paneel sit Magkryger-meester Baladi en het sy wysvinger tussen sy tande.

Twee skadu's wat oor hom val laat Magkryger-meester Baladi omkyk. Hy kyk in 'n grys haarbedekte Barakka lyf vas en langs die Barakka, 'n langer liggaam dié is van 'n reus. Weens dat die reus 4 meter lank is, staan hy vooroor gebuk. Die Ratattel-reus se bruin oë rus vraend op Magkryger-meester Baladi se gesig. Hy vee met sy agterhand oor sy dig begroeide baard en snor.

Die langhare liggaam van die Barakka kom voor die reus staan.

"Ek het vrae, maar het tog wantroue in u opleiding aangaande Lazinnerin, meester," sê die Barakka Quies uitdagend.

"Ek stem, maar ek wantrou jou net al hoe meer," sê die Ratattel-reus met die naam van Hoggaror Bartok.

Magkryger-meester Baladi kyk by 'n brug se venster uit na die swart met sterre.

"Wantrou my, ek het vrede daarmee, maar moet net nie vertroue in Lazinnerin verloor nie."

"Hy is alleen op een van die gevaarlikste planete in die heelal!" sê Quies met 'n skerp stem met woede te bespeur.

Stadig kyk Magkryger-meester weg van die venster en sy oë gluur Quies aan.

"Ek, my liewe Barakka vriend, is nie doof nie, al oorskry my ouderdom duisend planeet Raggamajos jaar. Julle bevraagteken my geloof in Lazinnerin, waarom so?"

Quies wys sy grys harige hand na Magkryger-meester Baladi.

"Ek ken die sterre en waarmee dit gepaardgaan, planete. En so, ken ek die geskiedenis van planeet Thoror. Dit is 'n lewensgevaarlike planeet met gevaarlike gediertes. Niemand het ooit oorleef om te vertel wat werklik op planeet Thoror aangaan nie."

"Niemand het oorleef nie. Is jy seker van jou feite? Ek wonder dan, waar kom al dié stories vandaan? En wie het oorleef om te vertel dat niemand het oorleef nie."

Die Ratattel-reus Hoggaror se bruin oë het 'n vraende blik. "Jy praat van jouself? Jy het planeet Thoror oorleef. Jy weet dus tot waartoe planeet Thoror in staat is, die dood. En tog laat jy vir Lazinnerin alleen agter op Thoror."

"Lazinnerin sal oorleef. Ek sou hom nie op planeet Thoror agtergelaat het sou ek in sy opleiding getwyfel het nie."

"Ek waarsku ..." maar Quies word in die rede geval.

"Ek bly by my besluit, Quies. met jou dreigemente en al! Laat my alleen, albei van julle! Ek wil in kontak met Lazinnerin in my gees wees ... So gaan, asseblief!"

Met uitdagende blikke op Magkryger-meester Baladi gerig, loop Quies en Hoggaror die brug uit.

Lazinnerin se oë is gewoond aan die oorheersende swart donkerte. Maar sy oë is gefokus op die dierasies voor hom.

Hy voel hoe sy liggaam deurnat is van die sweet as gevolg van vrees.

Hy begin om stadig agteruit te tree. 'n Diep brul-grom geluid laat hom verskrik agtertoe kyk.

Lazinnerin snak hoorbaar na sy asem. Agter hom aan die weerskante is nog rooi gloeiende pare oë.

Lazinnerin besef hy is vasgekeer. Sy hand vou stewiger aan die laserwapen in sy regterhand.

Die een gedierte sluip grommende op hom af. Nog twee van die kante.

Sonder om na die laserwapen te kyk druk hy met sy vinger op 'n knoppie. 'n Heldergeel laserlig straal die laserwapen uit en verblind hom.

"Lazinnerin kap!" gil 'n stem van iewers en Lazinnerin kyk verskrik om hom.

"Kap net! Dit is ek, meester Baladi in gees!"

"Meester Baladi, ek is verblind!" gil Lazinnerin vreesbevange.

"Kap, Lazinnerin! Gebruik jou instinkte!"

Lazinnerin maak sy oë toe en kap met kryg maneuvers die laserlig van die laserwapen. Krete is van hom.

Getjank klink op en hy besef hy kap van die gediertes raak.

Na 'n ruk, maak hy sy oë oop en sy sig is oorweldigend deur die heldergeel laserlig verblind. Daar is egter geen tjank geluide meer nie.

Blitsvinnig verdwyn die heldergeel laserlig die laserwapen binne en die swart donkerte sak op Lazinnerin toe.

"Lazinnerin, wees op gereedheid! Jy is nie daarvan oortuig dat die gevaar verby is nie. Aktiveer die laserlig van jou laserwapen!"

Lazinnerin se vingers beweeg oor laserwapen, maar 'n gestamp met 'n grom wat volg voel hy teen sy regter bo-arm teenaan die skouer. Hy wil sy vingers beweeg om sodoende die laserlig te aktiveer, maar niks gebeur nie. Hy kyk regs van hom en wil na sy hand kyk, maar geen hand verskyn voor hom nie. Hy probeer weer, maar 'n spuit uit sy skouer laat hom na sy skouer kyk. Hy kyk geskok en verstar na sy skouer. Daar is 'n gapende oop wond aan sy skouer waar sy arm eens was.

"My arm!" gil Lazinnerin van skok.

Lazinnerin kyk verskrik om hom. Die helderrooi gloeiende pare oë kom al hoe nader ...

Dit is asof Lazinnerin uit 'n stroom water geloop het, so nat gesweet is hy weens skok.

Hy voel hoe kouekoors in hom oorheers. Sy tande begin om te kletter. Sy liggaam begin om te ruk. Dit is asof Lazinnerin hom aan die dood gaan oorgee. Hy voel hoe sy gees sy koue liggaam wil verlaat.

Die helderrooi gloeiende pare oë is nou meer net as nader.

Deur 'n wasige sig kan Lazinnerin die agt rye gryswit tande duidelik sien en weet dat die gediertes baie na aan hom is. Hy ruik 'n skerp vrot-vleis reuk en dit is van die gediertes.

Meteens straal rooi laserstrale alom Lazinnerin. Hy kyk. Die wasige sig is weg.

In sy linkerhand is die ander laserwapen wat die straal werk doen.

Getjank is hard al om hom soos die gediertes raak gestraal word. Na 'n ruk word die laserwapen stil in sy hand. Die laserstrale het hom nie verblind nie. Hy voel nie meer 'n koue in hom heers nie.

Sy oë gaan na sy regterskouer waar die arm afgebyt is. Hy kyk voor hom en 'n deursigtige gees sweef voor hom. Die gees is Magkryger-meester Baladi.

"Jou gees, Lazinnerin, het die situasie oorgeneem en daardeur het jy jou Kantan-kryger opleiding met vlieënde vaandels geslaag."

Die deursigtige geestes-beeld verdwyn.

Helder beligting skyn meteens oor Lazinnerin en wanneer hy opkyk, daal die sterskip na benede en gaan voor hom land. Wanneer die loopbrug sak, kan die verligte binnekant van die sterskip gesien word.

Lazinnerin loop wankelrig na die loopbrug en loop met die loopbrug op. Sodra hy die sterskip binneloop, hys die loopbrug na die romp.

Die sterskip styg op en vind koers na die sterre ...

Binne die sterskip in die noodeenheid, lê Lazinnerin op 'n smal bed. Hy het deur sy breinkrag die bloeiende wond aan die skouer laat stol. Ook so geleer deur die opleiding van Magkryger-meester Baladi.

Om Lazinnerin staan drie figure. 'n Barakka, 'n Ratattel-reus en 'n ouman.

"Jammer oor jou arm, Lazinnerin," sê die Ratattel-reus Hoggaror Bartok.

Hoggaror en die Barakka Quies se oë is op Magkryger-meester Baladi, wat sy oë op Lazinnerin het.

Lazinnerin kyk egter na Magkryger-meester Baladi. "Ek gee nie om vir my arm nie, ek is 'n Kantan-kryger ..." Van skok en moegheid verloor Lazinnerin sy bewussyn.

Magkryger-meester Baladi kyk uitdagend tog vermakerig na Hoggaror en Quies. "Soos ek sê, moenie vertroue in Lazinnerin verloor nie."

7

Planeet Raggamajos
Drie Raggamajos jaar later

Dit is vroegdag. 'n Digte grys mis hang in 'n woud. Nie te diep binne die woud nie, 'n kasteel. Die mure van die kasteel het 'n ruwe grys voorkoms. Binne die kasteel het die mure 'n oranje gloed van die vlammende fakkels.

Binne 'n kamer op 'n bed lê 'n liggaam. Langs die bed staan daar ook 'n liggaam.

Lazinnerin Arrabel, nou 22, kyk na die mooi geboude figuur wat langs sy bed staan. Hy hou die meisie dop wat die rekverband van sy skouer afdraai en oprol. Hy kyk na die meisie se mooi slanke hande. Sy oë beweeg met haar liggaam na bo en sy oë ontmoet die meisie se groot blou oë. Haar as-blonde hare hang versprei oor haar skouers heen.

Haar oë ontmoet die van Lazinnerin en sy kyk ongemaklik weg. "Jou kunsarm het van planeet Palioa gekom. Ek en jy het baie werk om te doen."

"Jy klink soos 'n meester. Ons ken mekaar al meer as twee jaar en jy het aan my beloof jy sal net die beste vir my doen," sê Lazinnerin met 'n plooi tussen die oë.

Die meisie gluur nou na Lazinnerin. "Jy, meester Lazinnerin, moet net die beste ontvang. Dit is die opdrag van Magkryger-meester Baladi wat ek moet uitvoer."

Lazinnerin lag sarkasties. "Ek, 'n meester? Ek is nie jou meester nie. Jy is die een wat die heeltyd aan my bevele gee oor hoe ek te werk moet gaan ... Wie is nou die meester?"

Die meisie gluur meer na Lazinnerin. "Ek is aan jou onderdanig. Dit, deur Magkryger-meester Baladi."

Lazinnerin druk die meisie van hom weg met sy linkerhand en kom orent. "Ek kan sonder 'n kunsarm klaarkom. Gaan sê dit aan Magkryger-meester Baladi! Niemand is onderdanig aan my, deur iemand anders aangestel nie. As jy nie uit jou eie vir my wil help nie, ek het nie opdringerige geforseerde hulp nodig nie."

Die meisie laat haar kop sak. "Jammer, dit is my skuld. Ek het tot jou aangetrokke gevoel die eerste keer toe Magkryger-meester Baladi jou hier aangebring het. En van daar af ... Nee los dit ... ek gaan jou kunsarm aanbring. Dan hoop ek, ek sien jou nooit weer nie." Hartseer met verwyt is in die stem te bespeur.

Die meisie druk teen die verwarde Lazinnerin se bors sodat hy moet lê.

Lazinnerin se linkerhand vat aan die meisie se hand. "Taima, ek het nie geweet nie. Vandat ek in die kasteel aangekom het, het jy jou oor my ontferm. Jy het my spesiaal laat voel. In die tyd het ek ook aangetrokke teenoor jou begin voel."

Taima Chaya neem haar hand uit die hand van Lazinnerin. Sy gaan ongestoord voort om die kunsarm aan die skouer van Lazinnerin te heg.

Die kunsvlees van die bo-gedeelte van die arm pas presies oor die skouer. Die kunsvlees sal met tyd aan die vlees heg en 'n eenheid vorm.

Sy werk aan die skouer waar die kunsarm pas en konnekteer 'n mikroskyfie aan 'n universele konneksie wat met die tyd in Lazinnerin se skouer ingeplant is. Nadat sy die ingeboude mikroskyfie van die kunsarm aan die skouer gekonnekteer het, staan sy terug en bekyk die kunsarm.

Sy bewonder die kunsarm wat van kunsvlees gemaak is. Die kunsarm bevat ook bloed wat in die laboratoriums op planeet Palioa gemaak is. Die bloed sal met die tyd deel vorm van die bloedsomloop van die liggaam. Die ingeboude mikroskyfie laat die kunsarm op die breingolwe van Lazinnerin funksioneer. Dit is asof hy nooit 'n arm verloor het nie.

"Daar is fout ..." sê Lazinnerin met 'n verwarde uitdrukking oor die gesig.

Hy kom orent met die kunsarm voor sy oë.

Taima frons vraend. "Wat kan dan fout wees?"

Lazinnerin kyk haar nou stip in haar oë. "Kom tog nader om uit te vind. Jy is mos onderdanig aan my aangestel. Ek beveel jou dus om nader te kom."

Taima loop nader aan Lazinnerin. Hy gryp haar met die kunshand en druk haar teen hom vas. "As jy nie by my bly nie, het ek ook nie nut vir die kunsarm nie."

'n Spontane glimlag wil-wil oor die lippe van Taima vorm, maar sy probeer die glimlag verberg. "Pers jy my af?" vra Taima en haar oë lag.

"Kom ek wys jou hoe ek afpers."

Lazinnerin beweeg vorentoe en sy lippe soen hare hartstogtelik ...

By die kamerdeur staan Quies en Hoggaror.

Hoggaror kyk af na Quies. "Ons sal hom later kom gelukwens met sy arm. Hy is nou te besig om sy dankbaarheid te betoon."

Die Barakka mond van Quies vorm 'n glimlag en knik met sy kop.

Quies en Hoggaror loop voor die deur weg.

Lazinnerin staan voor die kamervenster en kyk uit oor die woud waar 'n reënbui uitsak. Die woud is groen op groen so ver die panorama strek.

Hy bring sy kunsarm tot voor sy oë en kyk na die hand. Hy beweeg die vingers vinnig. Hy maak 'n vuis en slaan in sy linkerhand. Hy laat die kunsarm sak en kyk weer by die venster uit.

"Ek is trots op jou, Lazinnerin," sê 'n stem.

Lazinnerin draai om. Magkryger-meester Baladi staan nou voor hom. Lazinnerin het tog 'n ongemaklike voorkoms.

"Ek voel ek het u tog gefaal met die laaste opleiding op planeet Thoror."

Magkryger-meester Baladi skud sy kop. "Nee, jy het nie. Jy staan nou hier voor my. Jy sou my nie kon faal nie. Ek sou jou nie na planeet Thoror geneem het, as ek enigsins in jou getwyfel het nie."

Daar vorm 'n ernstige frons oor die gesig van Magkryger-meester Baladi. "Dit bring my by die volgende. Jy moet 'n tyd lank in die woud gaan rus. Ek het alreeds vir jou 'n hut beskikbaar. Jy moet verlore kragte opbou, want wanneer ek jou gaan benodig moet jy ten volle sterk wees en glo my, Lazinnerin, jy gaan al jou kragte benodig."

Lazinnerin het 'n uitdagende blik. "Ek is 'n Kantan-kryger. Ek kan nou enige daad aanpak."

Magkryger-meester Baladi skud sy kop. "Ek het tog gefaal in jou opleiding, Lazinnerin."

Magkryger-meester Baladi gluur Lazinnerin nou aan. "Jou arrogansie! Jy weet nog niks van krygerskap nie. Maar jy sal aan my onderdanig wees. So ek herhaal myself weer. Jy gaan in die woud rus, totdat ek jou dade gaan oplê."

Magkryger-meester Baladi draai om en loop ergerlik die kamer uit.

8

Twee Raggamajos jaar later

Dit wil voorkom asof die laag hangende stapelwolke aan die lae hangende grys mis raak. Deur die mis word rotse sigbaar. Aan die begin van die rotse word 'n hut gevorm wat deel uitmaak van 'n rots. Die hut is van klippe gebou. Vensteropeninge het toegemaakte hortjies voor.

Die breë balke-deur is toe.

Voetstappe word gehoor en Lazinnerin loop deur die mis na die hutdeur. Sy donkergroen oë kyk wakker om hom heen. Hy loop na die deur en stoot die deur oop. Hy loop die donker hut binne.

Hy loop na die vensteropeninge wat met leer gelapte gordyne toegetrek is. Hy pluk die gordyne oop en stoot die hortjies na buite oop. 'n Klam bries waai die hut binne met natuur geluide.

'n Voorgevoel laat Lazinnerin reageer. Hy swaai om met die laserwapen in sy hand, die helderpers laserlig alreeds geaktiveer. Die laserlig stop byna teenaan die nek van 'n vrou met as-blonde hare. Haar groot blou oë rus sagkens, tog vreesloos op Lazinnerin se gesig.

Lazinnerin se oë is gerek van skrik.

"Ek kon jou dood!" sê hy beskuldigend en laat die laserlig in die laserwapen verdwyn.

Taima kyk af en ontwyk so die oë van Lazinnerin.

Kunsvingers van die kunshand van Lazinnerin, vou om die ken van Taima. Hy lig haar kop op en haar gesig is voor hom.

Lazinnerin frons en vee die wange van Taima droog waar traanspore was.

"Hoekom nou die hartseer, Taima? Ons is dan gelukkig saam."

Taima wikkel haar uit die hande van Lazinnerin.

"Ek moet weg. Ek moes by my besluit gehou het en jou nooit weer gesien het nie."

Lazinnerin staar en kyk stip na Taima so asof hy deur haar kyk. "Jy verwag. Ek voel deur jou gees aan dit is my kind." maak Lazinnerin sy afleiding.

"Ek sal die beste planete uitsoek om ..."

"Jy wil weg van my?" vra Lazinnerin sagkens voordat Taima haar sin kon voltooi.

"Jy is 'n Kantan-kryger, Lazinnerin. Ek wil nie hê dat my kind tussen jou en jou krygerskap moet staan nie."

Lazinnerin knik met sy kop. "Ek aanvaar dit so. Ek gaan saam met jou na jou uitgesoekte planeet en wees eerder 'n man en 'n vader vir my kind, as 'n Kantan-kryger hier op planeet Raggamajos."

Taima kyk verskrik na Lazinnerin. "Jy kan nie jou krygers-amp opoffer vir my en 'n kind nie!"

"Ek wil nie, Taima. Maar sou jy na 'n vreemde planeet gaan, bied jy my geen ander keuse om my besluit te bekragtig nie."

Taima se oë swem in trane en vars trane loop oor die vorige traanspore oor haar wange heen.

"Het jy … het jy my …" die woorde wil nie 'n sin vorm nie. Taima se gesig is gerig na die grond.

Lazinnerin vat aan haar skouers. "Ek het jou baie lief. Ek aanbid die grond waarop jy loop. Besluit wat jy wil doen. Ek is deel van jou hier op planeet Raggamajos of enige ander planeet. Ek gee eerder my Kantan-kryger status prys as wat ek vir jou en my kind gaan prysgee."

Taima kyk op. "Wat as Magkryger-meester Baladi nie hierdie gebeure gaan goedkeur nie?"

"Dis nie vir hom om goed te keur nie. Dit is nie sy besluit nie. Ek gaan nou na die mag-kasteel. Wanneer ek terugkeer, wil ek jou besluit weet."

Lazinnerin druk Taima se skouers om te bevestig hy is in beheer.

9

'n Digte reëngordyn het oor 'n kasteel gevorm.

Breë lang swart naels wat deel uitmaak van kloue aan twee bene, gaan voor die kasteel in die modderwater land. Die kop van die rooiskubbe-draak swaai die nek heen en weer. Vanaf die hoeke van die bek versprei ketting-leisels na die massiewe rug. Tussen horings wat gespasieerd voorkom oor die draak se rug is 'n drake-pantsersaal. Lazinnerin wat bo-op die pantsersaal sit, kyk vir 'n oomblik na die kasteel wat nou byna heeltemal onsigbaar is weens die reënbui. Hy is ook deurnat.

Lazinnerin bind die leisel om horings vas en spring van die pantsersaal af. Modder spat van die stewels af weg.

Lazinnerin kyk na die draak se kop en staar na die twee pare oë. Hy swaai sy hand voor hom en so hipnotiseer hy die draak om kalm te bly. Wanneer die nek en kop nie meer swaai nie, vou die bene onder die plomp lyf in en die draak gaan plat op die pens lê.

In 'n massiewe kamer van die kasteel, kyk Magkryger-meester Baladi met 'n kwaai gluur na Lazinnerin.

"Jy en Taima Chaya gooi my ideale omvêr. Ek het nie dit van jou verwag nie. Jou hormone was aan die weghardloop met jou."

Lazinnerin het 'n uitdagende blik. "Én dit hét gebeur, die swangerskap van Taima. Ek kan niks aan die situasie verander nie."

"Dit gaan gekompliseerd word..." bevestig Magkryger-meester Baladi.

"Taima is bereid om planeet Raggamajos te verlaat én ek ook. U kan tog sekerlik weer 'n Kantan-kryger oplei. Die begin van die Kantan-krygers hoef sekerlik nie net ék te wees nie."

Magkryger-meester Baladi het 'n woedende blik. "So maklik? Ek het jou gewaarsku jy is arrogant, maar dit het jy bekom by jou vader."

"U het vertel my vader en moeder is dood. Dood van 'n virus op een van planeet Bukurah se mane. Ek het nie my vader geken nie, ek is myself."

Magkryger-meester Baladi dink diep. "Lotario," fluister hy.

Lazinnerin frons meteens. "U blok my om u gedagtes binne te gaan om aan my antwoorde te verskaf!"

"Is tereg soos jy sê, jou vader en moeder is dood en jy het hulle nie geken nie."

"U weet iets en u wil my nie inlig nie!"

"Hulle is dood ... so laat staan dit nou!" hou Magkryger-meester Baladi vol.

"U het my opgelei om na my sintuie en instinkte te luister. My ma Jutta Arrabel is wel dood aan 'n virus, maar my vader Lotario is vermoor deur wie? Tog voel ek daar is bloed van my bloed in die antwoord. 'n Ouer bloed."

Magkryger-meester Baladi besef dat hierdie gesprek kan op geheime lei wat soos hy besluit het, geheime moet bly. Soos die geheim van Arnikin Arrabel, Lazinnerin se broer.

55

"Lazinnerin, dit sal vir jou en wel vir my ten goede wees as jy met Taima en die kind vlug."

Lazinnerin frons. "Vlug? Hoekom vlug?"

"Daar is meer op die spel as wat jy dink, Lazinnerin Arrabel!"

Lazinnerin het 'n rooi kleur oor die wange van kwaad word. "Gee aan my die antwoorde hoekom ek moet vlug dan sal ek vlug! Ek kan nie vlug as ek nie weet waarom ek moet vlug nie. Miskien hoef ek nie eens te vlug nie. Ek is 'n Kantan-kryger."

Magkryger-meester Baladi laat sy kop sak. "Ek kan nie aan jou antwoorde verskaf nie. Maar jy, met Taima en die kind sal veilig wees op 'n planeet. 'n Planeet wat net aan jou bekend sal wees. Nie eens aan my nie."

Lazinnerin loop tot reg voor Magkryger-meester Baladi. "Wie hét my vader vermoor? Toe sê my, jy ken die antwoord!"

"Los dit, Lazinnerin, vlug!"

"Nou goed. Jy weier om aan my antwoorde te verskaf, ek weier om te vlug. Ek is 'n Kantan-kryger. Ek sal vir Taima en die kind beskerm teen alle euwels, maar ek waarsku aan jou. Sou jy enige iets van my weerhou en Taima of die kind word daardeur skade berokken, sal jy 'n nuwe kryger op die been moet bring om jou te beskerm teen my."

Lazinnerin draai om en stap die kamer uit.

Magkryger-meester Baladi loop na die middel van die vertrek. Hy wuif met sy hand en 'n duidelike deursigtige gees sweef voor Magkryger-meester Baladi.

'n Ergerlike stem is van die gees, mag-Rommozor. "Ek weet wat het hier gebeur! Jy het alweer beheer verloor, Magkryger-meester Baladi! Ek het in jou begin twyfel met die gebeurtenis met Sadriza, of te wel Lawakoningin Yeva en die Tallottara-gees. Jy het nie 'n keuse nie, jy sal moet toesien dat Lazinnerin en Taima met hul seun vlug ..."

"U weet alreeds dit is 'n seun! Ek het Lazinnerin gewaarsku, dit alles gaan gekompliseerd word. Dit gaan ek ... wat ek wil sê ..."

"Jy stotter, Magkryger-meester Baladi! Wat wil jy sê?"

Magkryger-meester Baladi kyk verslae na mag-Rommozor. "Dit sal nie help dat hul vlug nie! Die Tallottara-gees en die Lawakoningin Yeva weet alreeds van die seun. Die seun besit 'n mag van jou."

Die deursigtige gees sweef nader aan Magkryger-meester Baladi.

"Ek waarsku jou! Sou die Tallottara-gees en die Lawakoningin Yeva die Donkermag oor Zyranton bring, sal ek sorg dat jy van die rol geskraap word as 'n Magkryger!"

Mag-Rommozor verdwyn.

Dae later

In Magkryger-meester Baladi se kamer in die mag-kasteel loop hy na die tafel.

Hy knik. Zyranton, die ongebore baba waaroor die verwikkeling nou gaan. Nuwe gebeure, nuwe uitdagings.

"Beskerming," mompel Magkryger-meester Baladi.

"Waar ís hulle?" gil 'n stem reg agter Magkryger-meester Baladi, sodat hy swik van skrik. Magkryger-meester Baladi swaai om en kyk reg in die deursigtige mag-Rommozor se gesig in. Hy sluk diep.

"Jy beter aan my sê waar Lazinnerin-hulle is, Magkryger-meester Baladi!"

"Ek weet nie. Hy blok my."

"Jy het vir Lazinnerin die vermoë aangeleer om te blok. Wel, hy doen dit baie goed. Ek hoop net hulle is weg van planeet Raggamajos, so nie sal jy hom moet gaan soek."

Mag-Rommozor verdwyn.

Magkryger-meester staar na die vloer.

Voetstappe kom na die kamer geloop en daar word aan die deur geklop en die deur word oopgestoot. Die Barakka Quies stap die kamer binne.

"U het telepatie toegepas en my geroep," sê Quies.

"Ja, ek het. Ek wil hê dat jy en Hoggaror moet na die woud gaan waar Lazinnerin en Taima is. Jy kan van jou geestesgawes gebruik maak en hulle vind. Bly daar. Julle moet beskerming bied aan Lazinnerin, Tiama en baba-Zyranton. Moet nie aan my noem waar die woud is, waar Lazinnerin-hulle hul bevind nie. Dit vir eers. Maar probeer om vir Lazinnerin te oorreed om planeet Raggamajos te verlaat."

Quies knik en stap die kamer uit.

10

Verloop van seisoene

Diep, diep, baie diep binne die permanente bewolkte woude, 'n woud. En binne die dig begroeide woud 'n hut. Die woud waar die hut geleë is, is onbekend aan die intellektuele bewoners van planeet Raggamajos. Maar euwels weet van elke woud wat voorkom op planeet Raggamajos soos die Tallottara-gees en die Lawakoningin Yeva. Die Donkermag.

'n Digte reën woed swaar oor die woud.

Dit is asof die donkergrys kleur van die reënbui alle ander kleure oorweldig het. Soos die pers blommetjies tussen die welige gras. Die hut word omring deur dig opmekaar gegroeide bome en digte bosse. Die hut se grasbedekte dak is 'n pappery weens die swaar reënwater. Teen die klipmure spoel die water in strome na benede. Deur die toe hortjies voor die vensteropeninge, gloei 'n geel gloed.

'n Baba wat skreeu kan duidelik gehoor word, maar na 'n ruk word die baba-stem stil.

Die hut se deur gaan oop en 'n Barakka-wese loop voor 'n 4 meter lange Ratattel-reus die hut uit.

Dit reën so hard dat beide liggame vinnig deurnat word. Die reus kyk na die nat slierte hangende hare van die Barakka, Quies.

Quies se ligblou oë rus op die bruin oë van die Ratattel-reus Hoggaror Bartok.

"Ons sal maar moet natreën terwyl Taima vir Zyranton borsvoed," sê Hoggaror. Tog kom hy omgekrap voor weens die reënbui.

Quies se mond trek 'n glimlag.

"Ek is verlig daar sal nie meer probleme wees nie," sê Quies.

"Ek is nie so seker nie," sê Hoggaror.

"Waarom so? Die kruiewater wat jy gemeng het sal vir die koliek help."

Hoggaror hou sy hand in die lug. "Nee Quies, ek praat nie nou van Zyranton nie. Ek sou voorstel dat Lazinnerin met Taima en Zyranton moet vlug na 'n ander planeet in 'n onbekende sonnestelsel."

Quies skud sy kop. "Ai! Lazinnerin is te hardkoppig! Ek het met hom gepraat en geredeneer. Ek het dieselfde voorgevoel as jy, Hoggaror. Miskien moet ons tesame met hom praat. Die euwels weet alreeds van Zyranton."

"So laat hulle weet!" sê Lazinnerin met 'n kwaai stem, maar ook uitdagend.

Lazinnerin gluur vir Quies en Hoggaror aan. Hy loop dreigend nader aan die twee.

"Ek is 'n Kantan-kryger én geen euwel, insluitende die Tallottara-gees en Lawakoningin Yeva sal hul naby Zyranton waag nie."

Quies loop tot teenaan Lazinnerin. "Ek weet meer van die Donkermag as jy! Zyranton beskik oor die mag-Rommozor. Almal wat moet weet, wéét, al het jy ons posisie geblok. Maar wie ek vrees, is die Tallottara-gees en die Lawakoningin Yeva."

"Onmoontlik, Quies!" Lazinnerin vee ergerlik die reënwater oor sy gesig af. "As ek blok, blok ek deeglik. Tensy een van julle my posisie gaan verraai by Magkryger-meester Baladi."

Hoggaror wys dreigend sy breë wysvinger na Lazinnerin. "Jy dink so laag van ons? Ons waak in hierdie hut, maar my voorgevoel is eens. Dit sal risiko vry wees as jy vir Taima en Zyranton neem na 'n verre weg planeet. Wanneer Zyranton 'n sterk seuns liggaam ontwikkel het, kan jy oorweeg om hom terug te bring."

Lazinnerin kyk direk op na die reën wat hard op sy gesig val. Hy kyk weer na Quies en Hoggaror. "Daar moet vertroue in my besluite ingeboesem word en ek kan dit alleenlik doen as ek alleen is met Taima en Zyranton."

Hoggaror glimlag breed. "Soos wat ek jou nou verstaan, jy wil so gou as moontlik vertrek na 'n verre weg geleë planeet. 'n Sterskip kan aan jou voorsien word."

"Ek sal julle neem," sê Quies.

Lazinnerin gluur na Hoggaror en Quies. "Ek gaan nêrens, maar julle twee gaan wel. Soos ek gesê het, om vertroue in my besluite in te boesem, moet julle na die mag-kasteel gaan. Sou julle twee my posisie aan Magkryger-meester Baladi verklap, sal ek presies weet dat julle twee verraaiers is en dus beloof ek aan julle, julle sal nooit die eer hê om Zyranton te sien nie."

Quies is ongemaklik. "Lazinnerin, ek sal meer gerus wees, as Hoggaror en ek hier is om te waak. Met jou en Taima alleen kan die Lawakoningin Yeva en die Tallottara-gees hul kans neem en op julle toeslaan, dink aan Zyranton."

Lazinnerin knik oortuigend sy kop. "Ek dink juis aan Zyranton. Ek sal hom nie my vertroue laat wen as julle hier is nie. Ek sê weer, ek is 'n Kantan-kryger. Ek het vermoëns."

Hoggaror het 'n smeek uitdrukking in sy bruin oë. "Asseblief Lazinnerin, laat ons hier in die hut wees of in die woud wees. Asseblief laat ons net hier waak. Ons sal nie inmeng nie. Ek wil my ontferm oor Zyranton."

"Dit is my verantwoordelikheid, Hoggaror. Zyranton is my seun, my vlees, my bloed."

Quies kyk na Hoggaror. "Laat vaar dit, Hoggaror! Laat ons gaan na die mag-kasteel."

Quies kyk met 'n woede uitdrukking in sy ligblou oë na Lazinnerin. "Onthou dit en onthou dit ook baie goed. Ek het eerstehandse ondervinding van die Tallottara-gees en die Lawakoningin Yeva. Sou iets met Zyranton gebeur deur jou roekeloosheid. sal jy persoonlik met mag-Rommozor te doen kry. Onthou net hoe ver die bloed sterk waarna jy verwys. Dit was van die begin af Rommozor, onthou dit wanneer jy beheer verloor. Vir die laaste keer, laat ons bly!"

Lazinnerin gluur vir Quies aan. "Dit word laat. Daar is meer gevare hoe later en donkerder dit word. En veral in hierdie deel van planeet Raggamajos, is daar monsters en gediertes waarvan die beste Magkrygers nie eens weet dit bestaan nie."

Quies kyk in die verslae gesig van Hoggaror. "Kom Hoggaror, jy het dié Kantan-kryger se waarskuwing aangehoor."

Sonder om te reageer knik Hoggaror sy kop en begin om saam met Quies te stap.

Na 'n ruk sien Lazinnerin hoe die lywe van die Barakka en Ratattel-reus die woude in verdwyn.

Hy kyk af na waterpoele wat kringe maak deur die reën.

'n Sagte stem roep langs Lazinnerin en hy kyk in die rigting. In die hut se oop deur staan Taima met 'n glimlag.

"Ek het deur die dag bopatanie bredie voorberei. Waar is Quies en Hoggaror?"

Lazinnerin het 'n uitdagende blik. "Hulle het meer belangrike take om te verrig. Hulle is terug na die mag-kasteel."

Daar vorm 'n verslae uitdrukking oor die gesig van Taima. Haar groot blou oë is vraend op Lazinnerin gerig. "Ek, ek verstaan nie. Hulle is hier om te beskerm. Hoggaror het baie kennis van kruie. Nadat ek vir Zyranton gevoed het, het hy nou aan die slaap geraak na die kruiewater teen die krampe."

Lazinnerin se oë het 'n woede gluur. "Taima! Ek sal beskerm. En die magte sal leiding gee aangaande Zyranton, verstaan jy my?"

Taima staar na Lazinnerin. "Néé, ek verstaan jou nie, maar jy gaan my verstaan sou Zyranton iets oorkom, dit beloof ek aan jou!"

Taima tree die hut binne.

Lazinnerin kyk weer oor die woud wat al hoe donkerder word.

Die mag-kasteel het 'n skakering van donkergrys met die sakkende son agter die permanente wolke. Die woud om die kasteel het 'n soet, klam reuk.

Twee figure loop die woud uit en na 'n brug wat lei na die kasteel. Die figure 'n Ratattel-reus van 4 meter en 'n Barakka loop met die trappe op na die opening van die kasteel.

Uit 'n venster kyk Magkryger-meester Baladi na die reus Hoggaror en die Barakka Quies.

'n Geklop aan die deur laat Magkryger-meester voor die venster omkyk en die kamerdeur gaan oop. Die Ratattel-reus en die Barakka stap die kamer binne.

"U hoogheid," groet die Ratattel-reus, Hoggaror.

Quies die Barakka kom regop nadat hy uit respek gebuig het. "Magkryger-meester Baladi, ek het nie goeie nuus nie. Lazinnerin het 'n kop van sy eie en vir my en Hoggaror verbied waar hy in 'n woud woon." sê Quies.

Magkryger-meester Baladi vryf oor sy ken. "Mmmm, om 'n nuwe krygers-mag heeltemal te ken om sodoende die mag te tem is moeiliker as wat ek gedink het. Lazinnerin is nie so maklik tembaar nie. Alhoewel hy nie oor die mag-Rommozor beskik nie, het hy van sy vader Lotario se gene."

Quies maak ongemaklik keelskoon. "Verskoon my, my heer. U het voorgestel dat ek en Hoggaror ons as beskerming aan Lazinnerin en Taima na hulle moet gaan. Ek het my geestesgawes van instinkte gebruik gemaak en hulle opgespoor. Lazinnerin was onder die indruk u weet nie dat ons by hulle is nie. Ek sal voorstel dat ek en Hoggaror onwetend aan Lazinnerin onsself in die woud versteek waar hy hom bevind."

Magkryger-meester Baladi skud sy kop. "Nee, los hom."

Quies se oë rek. "Los hom? My heer, wat van Zyranton? Wat as die Tallottara-gees en die Lawakoningin Yeva hul kans waarneem? En hulle gaan."

Magkryger-meester Baladi gluur Quies aan. "Sou hulle en Lazinnerin vernietig hulle, sal ek weet dat my Kantan-kryger opleiding suksesvol is."

Quies se harige arm met 'n lang vinger druk byna teenaan die neuspunt van Magkryger-meester Baladi. "Jy gaan nie wéér met Lazinnerin eksperimenteer nie! Hierdie keer is daar meer as net sy eie lewe op die spel. En hy gaan nie net sy arm verloor nie. Daar is Taima en Zyranton!"

Magkryger-meester loop van die venster af weg en gaan voor die kaggel staan en staar na die lang breë vlamme wat aan houtstompe lek. Die knetter en kraak is hard met oranje vonke wat na die skoorsteen versprei. Hoë hitte heers.

"Tot dan. Ek het ander dade vir julle twee, maar ek waarsku julle, bly uit die woud waar Lazinnerin hom bevind. Verstaan?"

Magkryger-meester Baladi draai om na die twee en gluur hulle oortuigend aan van sy besluitneming.

Nie Quies of Hoggaror antwoord nie, hulle staar net.

11

Hittegolwe hang dig en swaar voor 'n berggrot heen. Uit die grot se bek gloei 'n helderrooi skynsel.

Binne die grot in 'n oop area waar hittegolwe soos watergolwe lyk, is twee swart klede regoor mekaar. Die een kleed se openinge het geen ledemate nie dus is die kleeddraer 'n gees, die Tallottara-gees.

Die moue beweeg en 'n stem word vanuit die leë kappie opening gehoor. "Die tyd het aanbreek Yeva, dat ons 'n afstammeling van mag-Rommozor, nou Zyranton, net soos met Arnikin, onder die Donkermag bring."

Die kappie opening wat op die Tallottara-gees gerig is, het 'n skedel wat binne die kappie se opening is. Die bruin skedel het leë oogkasse, maar lang geelbruin slagtande loop uit die bo-kaak en dit is meer as net gruwelik. Behalwe vir die sagte meisiestem wat nou van die skedel afkomstig is.

"Zyranton, maar hy is nog 'n baba," bevestig Lawakoningin Yeva die situasie.

Die leë kappie knik. "Ons moet baie versigtig te werk gaan, Yeva. Met die beskerming wat Zyranton geniet, moet ons nie te haastig optree nie."

"Jy het aan my gesê dat Lazinnerin Arrabel hom versteek van die Magkrygers om homself te bewys dat hy 'n kryger van formaat is. Van watse beskerming verwys jy?"

"Soos ek ook aan jou verduidelik het, is Lazinnerin 'n Kantan-kryger. Ek weet nie oor watter vermoëns Lazinnerin beskik, wat deur Magkryger-meester Baladi aan hom gegee is nie. Maar Lazinnerin is bewus van ons. Dus gaan ons wag tot die regte tyd aanbreek voordat ons Zyranton ons prooi maak. Én ek beloof aan jou, een verkeerde stap kan Lazinnerin ons vernietig en Magkryger-meester Baladi sal groot sukses behaal vir die krygers wat hy teen die Donkermag tot stand wil bring."

'n Grommende stem kom uit die skedel wat by die gruwelike voorkoms pas. "Hoe lank moet ons wag, Tallottara?"

"Totdat ek soos voorheen leiding neem, Lawakoningin Yeva én jy op die agtergrond bly!"

Die stem van die skedel is ergerlik. "Ek laat my nie voorsê nie, Tallottara!"

'n Dieper grommende stem word uit die kappie van die Tallottara-gees gehoor. "Het ek jou al ooit teleurgestel in my besluite? Maar sou jy my saboteur, sal jy self moet sien om met jou skelet oor die weg te kom. Die keer sal nie net jou kop soos deur Rommozor van jou benerige lyf geskei word nie. Die Donkermag sal self met jou afreken! En glo my, hulle sal jou nie genadig wees soos toe jy vir Lotario gebaar het nie. Hulle sal jou uitwis! Hoor jy? Uitwis!"

Die kleed van die Tallottara-gees verdwyn deur die muur.

Die skedel se oogkasse is gerig op die muur.

12

9 Raggamajos jaar later ...

Die rooiskubbe-draak, duik afwaarts met twee breë bene met skerp breë lang krom kloue opwag om modder te tref. Die kloue tref modder met waterpoele en die modder met 'n geplas van water spat van die draak af weg.

Die nek swaai in verskillende rigtings met die kop wat heen en weer gaan met twee pare oë wat knip.

Die leisels van kettings wat van die hoeke van die bek na die rug versprei, word slap. Bo-op die massiewe rug sit twee figure wat omring word deur 'n pantser-saal.

Die seuntjie wat voor die volwasse man sit, kyk opgewonde na die leisel in sy hande. Hy is geklee in kleredrag van seemsleer, donkergroen T-hemp met donkerbruin kortbroek en het vellies van ligbruin leer aan sy voete.

Die seuntjie kyk om en op na sy vader se donkergroen oë. "Weer Pappa, wéér! Asseblief, dit was so lekker om die draak te vlieg!"

Lazinnerin Arrabel glimlag vir sy seun Zyranton wat voor hom tussen sy bene sit. Zyranton wat alreeds sy agt planeet Raggamajos jaar gevier het.

Hy kyk na sy blondekopseun se ligblou oë, ondeund, spontaan. Die wenkbroue is 'n ligblonde kleur en is lank. Die mond is tot 'n glimlag getrek.

Lazinnerin neem die leisel uit die hande van Zyranton en bind die kettings om horings vas.

"Anton, (Anton uit Zyr**anton**) dit word donker en die draak is moeg en honger, jong. Wag totdat die lig weer deur die wolke skyn, dan neem ek jou weer vir 'n drake-vlug."

Die glimlag verdwyn en die oë het 'n hartseer blik. Zyranton laat sy kop sak.

Lazinnerin buig sy kop af en soen Zyranton teen sy kop.

Die hut se deur gaan na binne oop en 'n vrou met lang as-blonde hare wat oor haar skouers hang, loop na die draak. Sy glimlag vir die seun. Wanneer Taima sien dat haar seun ongelukkig is, knip-oog sy vir hom.

"Ek het van daardie soet-bos poeding gemaak. Die die meeste is joune."

Meteens verhelder Zyranton se gesig en hy spring op. Lazinnerin help Zyranton om versigtig van die pantser-saal te spring.

Zyranton raap pers blommetjies uit die modder grond en hou dit uit na Taima.

Taima lag en neem die blommetjies, buk af en druk Zyranton teen haar vas. Sodra Taima en Zyranton hand aan hand na die hut loop, spring Lazinnerin van die pantser-saal af.

Lazinnerin kyk die omgewing goed deur. Hy luister fyn na elke geluid. Hy knik tevrede en stap na die hut. Hy loop die hut binne, stoot die deur toe en plaas die dwarsbalk oor die hake. Hy pluk aan die deur se handvatsel en 'n rammel klink op. Hy voel weer aan die balk.

"Jy laat my baie veilig voel," sê 'n stem.

Lazinnerin kyk om en in die gesig in van Taima. "Ek is altyd op my hoede en voorbereid."

Taima kyk stip, byna starend na Lazinnerin. "Wat weerhou jy van my?"

"Ek voel 'n onrustigheid in my omgewing aan. Iets waarna Magkryger-meester Baladi in my opleiding as Kantan-kryger, op klem gelê het. Geen voorgevoel mag geïgnoreer word nie."

"Dink jy nie dalk, wel, dat dit beter sal wees as Quies en Hoggaror in die omgewing is nie?"

Lazinnerin se donkergroen oë blits woede. "Néé! Ek kan én sal julle beskerm. Moet nou nie weer met my begin nie!"

"Vir hoe lank wil jy ons beskerm, Lazinnerin? Soos jy aan my verduidelik het, is Anton baie belangrik. Hy besit die mag-Rommozor. Wat as ... sê nou ... die Tallottara-gees en die Lawakoningin Yeva daag op?"

Lazinnerin gluur vir Taima. "Moet jy ook nie in my vermoëns twyfel nie! Die Tallottara-gees en Lawakoningin Yeva weet dat ek oor baie sterk krygerskragte beskik. Sou hulle in my vermoëns soos jy getwyfel het, was hulle alreeds vernietig."

Taima kyk uit die hoogte na Lazinnerin. "Ek aanvaar dit, maar sou jy my verkeerd bewys met ons seun se veiligheid, vergeef ek jou nooit. Met baie sterk krygerskragte en al."

70

Taima loop dieper die hut binne.

Lazinnerin hoor die opgewonde stemme van Taima en Zyranton met 'n lekker gelag wat volg.

13

Die helder ligblou oë bo 'n swart doek het 'n gluur.

Vanaf die linkerkantse ooghoek teenaan die neusbrug loop 'n diep letsel en word verberg deur die swart doek wat bo-oor die neusbrug en wange vorm.

Ten spyte van die hoë ondraaglike hitte diep binne die grot heen, manipuleer Arnikin Arrabel sy liggaam om koel te bly.

'n Diep stem laat die helder ligblou oë in 'n rigting kyk. Die oë rus op 'n kappie van 'n kleed waar daar geen gesig sigbaar is nie, dus 'n gees ... die Tallottara-gees.

"So Arnikin, jy verstaan nou die opdrag wat jy moet uitvoer met Zyranton?" vra die Tallottara-gees.

Arnikin Arrabel buig vlugtig. "Ja, my heer, ek verstaan."

'n Sagte meisiestem laat die oë van Arnikin op nog 'n kleedkappie se opening rus, maar die opening is gevul met 'n skedel met lang slagtande.

"Wanneer jy Zyranton klaar opgelei het, bring jy hom na ons en ons sal hom in die Donkermag oplei," bevestig Lawakoningin Yeva.

Arnikin knik met sy kop sonder om te buig.

Die Tallottara-gees sweef nader aan Arnikin. "Wys aan ons hoe jy vir Lazinnerin gaan benader."

Dit gebeur vinniger as 'n oogknip. Voor die Tallottara-gees staan 'n man in dieselfde kleredrag. Die man het ligblonde hare en blou oë.

Binne 'n oomblik staan Arnikin weer in sy eie voorkoms. Arnikin het sy brein 100% ingespan en daardeur word atome gemanipuleer om in gedaante te verander.

"As wie gaan jy bekend staan?" vra die soet sagte meisiestem vanuit die skedel.

"Ek het alles alreeds beplan en die wat my in die begin sal help. My naam gaan as Kalanthi Rasshi bekendstaan. 'n Kryger van planeet Ussar. Ek het vroeër deur die heelal getoer en op planeet Ussar afgekom in galaksie Eoröbur ver weg geleë. 'n Planeet met 'n verskeidenheid van wese-spesies, mens-spesies en het 'n hoë ontwikkeling. Dit is 'n planeet wat aan die gewelddadige kant is. Daar word tussen lande oorloë gemaak en van daar die verskillende krygers. Ek het ook wapens aangeskaf wat uniek aan planeet Ussar is. Ek sal my voordoen as 'n kryger-meester wat gehoor het van planeet Raggamajos se reputasie as 'n krygers planeet en wil dus my planeet Ussar se krygers-mag kom voorstel. Lazinnerin sal sy aandag aan my gee en ek sal sy vertroue wen. Ek sal vir Zyranton oplei op planeet Ussar, en wanneer die tyd reg is, bring ek hom."

Beide kappies knik ingenome ...

Dit is vroeg skemer en die sakkende son het die wolke in rooi, oranje en geel gekleur.

Deur die lang varings van verskillende kleure wat uit heldergroen, geel en rooi bestaan, hardloop 'n seuntjie sonder klere. Zyranton Arrabel hoor die gedruis van water en hardloop vinniger. Wanneer hy deur 'n lang dig begroeide grasveld hardloop, voel Zyranton aan sy liggaam hoe die lug klam is.

Die gedruis van water is duideliker en harder en wanneer Zyranton die sterk stroom water sien, duik hy uit die hardloop die stroom water binne. Wanneer hy sy kop bo die water bring, vee hy die oortollige water van sy gesig af. Hy moet skop om stroom op te bly.

'n Harde brul-grom geluid laat Zyranton verskrik versteen. Hy beweeg stroom af.

Die brul klink harder op en Zyranton kyk verskrik om hom heen. Hy kyk na die lang, digbegroeide grasveld wat aan die rivierwal grens. Die natuur se geluide is nou hard en om hom.

Miskien het hy hom verbeel.

Zyranton duik die water binne om stroom op te swem. Deur die wasigheid van die water sien hy tande wat soos 'n ritssluiter om 'n bek vorm. Groot oë is op Zyranton gerig.

Hy spring na die oppervlak en sien in sy beweging hoe die bek oop is en tande gruwelik op hom af geswem kom.

Zyranton begin skree en borrels borrel na die oppervlak. Sy kop is bo water en hy sien 'n lang, breë vin bo die water uitsteek. Hy kyk af en tande is aan weerskante aan sy lyf.

Lazinnerin Arrabel se donkergroen oë is al soekende om hom waar hy voor die hut staan.

Kosreuke is afkomstig vanuit die oop deur.

'n Beweging agter hom laat hom omdraai en Taima staan voor hom.

"Ek weet nie hoekom Anton nou juis wil gaan swem so naby aan aandete nie," sê Lazinnerin.

Taima wil iets sê, maar benoude gille van 'n kind klink van die rivierstroom op.

Lazinnerin hardloop met Taima wat hom volg. Deur die woud eggo Taima se benoude geroep na Zyranton.

Voor Lazinnerin is die helderrooi, geel en groen kleure van die varings. Hy hardloop letterlik van die varings uit die grond. Die grasveld is voor hom en die skreeuende kinderstem is al hoe nader.

Wanneer Lazinnerin die rivieroewer bereik, snak hy na sy asem ...

Die wit en groen gestreepte meer as 8 meter lange nek, steek bo die rivierstroom uit. Die kop se bek is oop en Zyranton spartel gillende tussen die tande.

Meteens word die seunsliggaam slap en Zyranton se gille word stil.

Lazinnerin wil die water induik, maar 'n figuur bo-op 'n enkel-sweeftuig sweef laag oor hom. In die figuur se hand is 'n kwiksilweragtige item.

Die man bo-op die enkel-sweeftuig voer swaaibewegings met die item uit en wanneer die kwiksilweragtige item deur die nek van die monster kap, word die nek in skywe gekap. Die kop met

Zyranton nog tussen die tande geklem, val die stroomwater binne. Die man staan vinnig op sy enkel-sweeftuig en duik agter die kop aan.

Die enkel-sweeftuig bly hang-sweef.

Wanneer Lazinnerin tot verhaal kom, stap die man die vlakwater uit waar Lazinnerin verslae staan.

In die man se arms hang die slap seunsliggaam van Zyranton. Daar is geen bytwonde of bloed aan die liggaam nie.

Die man wil aan Lazinnerin die slap liggaam van Zyranton oorhandig, maar Taima druk tussen Lazinnerin en die man in. Sy neem met 'n geskokte pluk, Zyranton uit die man se arms.

Die man, met die nat ligblonde hare en blou oë knik.

"Hy sal gou sy bewussyn herwin. Hy lei net aan erge skok. Laat hom warm aantrek en gee hom iets warm om te drink."

Sonder om te antwoord draai Taima om en verdwyn die lang, digbegroeide grasveld binne.

Wanneer die man se blou oë op Lazinnerin gerig is, sien die man dat Lazinnerin hom verslae aankyk.

Lazinnerin steek sy hand uit. "Lazinnerin Arrabel."

Die man vat stewig aan Lazinnerin se hand. "Kalanthi Rasshi."

Met Kalanthi se hand nog in syne gryp Lazinnerin, Kalanthi (Arnikin) om die nek en druk hom teen hom vas.

"Dankie vir my seun."

Hy frons egter wanneer hy Kalanthi se hand en lyf los.

Kalanthi sien die verwarring en praat. "Ek is van planeet Ussar in galaksie met die naam Eoröbur geleë, en as kryger-meester op 'n missie uit om ander planete soos Ussar te vind. Ek het van planeet Raggamajos se reputasie te hore gekom as 'n krygers planeet. Ek wil bitter graag van my meesterlike kryger-kunste kom voorstel."

Lazinnerin lag vermakerig. "Wel vriend, as jy van planeet Raggamajos se reputasie gehoor het, sou jy sekerlik ingelig gewees het van die Magkrygers wat voorkom op planeet Raggamajos."

"Ek kan jou verseker, Lazinnerin, planeet Ussar het verskillende groepe van krygers."

Kalanthi kyk op wanneer hy 'n dreuning uit die wolke hoor. "Is dit dalk moontlik dat ek by julle kan oornag? Ek sal nie nou na my sterskip kan gaan nie, dit is ver hiervandaan."

Lazinnerin knik opgewonde sy kop. "Ja natuurlik kan jy, Kalanthi! Ek sou dink dat Zyranton met sy held sal wil kennis maak. Bring jou sweeftuig."

Lazinnerin draai om en begin om na die grasveld te loop.

Kalanthi (Arnikin) kyk om na die karkas van die monster. Meteens en geruisloos, verdwyn die karkas en 'n man staan middellyf diep in die water.

Kalanthi knik met 'n groet sy dankbaarheid aan die man wat aan die Donkermag verbonde is. Hy steek sy arm uit na bo met die hand oopgesper en die enkel-sweeftuig daal na die grond.

Alles het volgens plan verloop. Die man wat verbonde aan die Donkermag is, was solank gereed in die rivierstroom.

Arnikin het met die enkel-sweeftuig nie ver van die hut van Lazinnerin af geland nie. Hy het in 'n insek verander en teen die kamermuur van Zyranton gaan sit. Arnikin, in die insekvorm, het vir Zyranton wat op daardie oomblik gekruisde bene op die vloer gesit het en met speelgoed gespeel het, gehipnotiseer om te gaan swem.

Zyranton het opgespring, sy klere uitgetrek en die kamer uit gehardloop.

Arnikin, in die insekvorm, het na die oop venster gevlieg en is na die enkel-sweeftuig.

14

Dae het verbygegaan op planeet Raggamajos.

In die tyd het Arnikin Arrabel in Kalanthi Rasshi gewaad, Lazinnerin en Taima se vertroue gewen soos dit beplan is. Maar 'n noue band het tussen hom en Zyranton gevorm.

Arnikin het by tye die bloedband tussen hom en Lazinnerin aangevoel en so ook het Lazinnerin. Maar Arnikin het gou Lazinnerin se aandag afgelei ...

Die enkel-sweeftuig vlieg reg op die hut af. Aan die middel van die stuurstang hou klein hande vas.

Zyranton se ligblou oë is opgewonde gerek van die lekkerte.

Die enkel-sweeftuig sweef-hang millimeters bo die grond voor die oop hutdeur. Zyranton spring af, met Kalanthi wat hom volg om af te klim.

Zyranton het 'n opgewonde blik. "Kan ons weer wanneer die lig deur die wolke skyn vlieg?"

Kalanthi neem sy kans waar. "Nee, Zyranton. Ek moet verder my missie uitvoer. Ek gaan nog net vanaand hier slaap en môre wanneer die lig deur die wolke skyn, sal ek na my sterskip moet gaan."

Hartseer oorval Zyranton. "Bly nog net 'n rukkie, asseblief!"

Kalanthi glimlag en wanneer hy weg van Zyranton kyk, sien hy hoe Taima in die opening van die hutdeur staan.

Dit is nag.

Buite die hut verlig vlamme wat aan groot houtstompe lek vir Lazinnerin, Taima, Zyranton en Kalanthi (Arnikin) in 'n oranje gloed, waar hulle op 'n seil om die vuur sit.

Skadu's van die vier liggame beweeg oor die oranje verligte grond.

Hulle is besig om vlamgebraaide vleis te eet.

Kalanthi het nou en dan sy oë op Zyranton wat smaaklik aan 'n been met 'n stuk vleis smul. Zyranton kou weer aan die stuk vleis van die been af, kou-sluk en onbeheerd breek hy 'n wind op.

"Anton!" sê Taima verslae.

Kalanthi lag en vryf oor die seun se kop. "Los hom, hy eet lekker."

Almal lag.

Later die aand sit Lazinnerin, Taima en Kalanthi om die vuur.

"Jy vertrek wanneer die lig deur die wolke skyn. Dit het Zyranton ontstel. Hy het in sy huil aan die slaap geraak." sê Taima.

Kalanthi knik. Maar, dink Arnikin, hy moet vir Zyranton beskerm. Hy moet net. Hy sal nou met versigtigheid te werk moet gaan. Al bring hy homself in gevaar met die Donkermag. Hy neem 'n besluit.

"Ja, en ek voel die hartseer by Anton aan. Maar dit is nie al nie. Zyranton word bedreig en hy gaan 'n prooi word vir die Donkermag."

Arnikin weet hy gaan teen die wens en beplanning van die Tallottara-gees en Lawakoningin Yeva.

Hiervoor kan hy gedood word.

Lazinnerin en Taima het hul oë verward op Kalanthi.

"Hoe weet jy van die Donkermag?" vra Lazinnerin verward.

"Die Donkermag is nie net aan planeet Raggamajos bekend nie, maar ook aan planeet Ussar."

Kalanthi kyk nou na Lazinnerin en Taima. "Julle seun was amper gedood deur 'n riviermonster."

Lazinnerin skud sy kop verslae. "Vreemd dat 'n monster in dié rivier voorkom."

Kalanthi kyk stip, byna uitdagend na Lazinnerin. "Dit is vreemd, ja. Waar is die oorblyfsels van die monster?"

Lazinnerin kyk vraend na Kalanthi. "Jy het saam met my gaan soek, ons kon niks kry nie. Miskien het ander vleiseters die karkas in die hande gekry."

Kalanthi skud sy kop. "Nee, Lazinnerin, dit was nie 'n riviermonster nie. Dit was deel van die Donkermag. Die riviermonster was inderwaarheid 'n Donkermag-kryger wat in vorm verander het, ek het hom gesien terug verander in 'n mens. Dit is ook die rede hoekom Zyranton nie wonde aan sy liggaam opgedoen het nie. Wat nie werklik is nie kan nie beserings opgedoen word nie. Ek wou niks vroeër aan julle genoem het nie, maar nou doen ek dit vir 'n doel. Julle gaan Zyranton verloor deur jou hardkoppigheid, Lazinnerin. Volgende keer wanneer die Donkermag Zyranton hul prooi maak, sal dit werklik wees. Maar ek het 'n voorstel in die belang van Zyranton. Laat hom saam met my gaan, na planeet Ussar en ek lei hom op om homself te beskerm. Dan bring ek vir Zyranton terug en jy kan hom dan verder oplei in die krygers-mag van die Kantans."

Taima en Lazinnerin kyk gelyktydig vir mekaar.

"Ek kom saam," stel Lazinnerin sy voorwaarde.

"Nee, ek gaan nie toelaat dat jou hardkoppigheid my oorheers nie. Ek doen dit in die belang van Anton."

"Waarom ontferm jy jou so oor Anton?" vra Taima.

"Ek weet dat Zyranton 'n groot rol gaan speel teen die Donkermag, en dit weet die Donkermag ook. Dus wil hulle hom dood hê."

Kalanthi kyk met gerekte oë na Lazinnerin en Taima. Hy hipnotiseer hulle so.

"Gee hom net vir 'n paar dae aan my en ek bring hom terug. En geen gevaar sal die oorhand oor Zyranton kry nie en dit is my waarborg. Ten minste kan julle hier woon met die wete dat Zyranton na homself sal kan omsien."

Lazinnerin en Taima kyk vir mekaar ...

Dit word lig deur die wolke om die nuwe dag te verwelkom.

Waterpoele kom verspreid voor weens die vroeë reëns wat geheers het.

Binne die hut by 'n ronde tafel staan Taima, met Zyranton voor haar. En agter Taima, Lazinnerin en by die hut se oop deur, Kalanthi.

Taima gaan voor Zyranton hurk. Sy vryf hom oor sy gesig. Maar daar is geen ontsteltenis te bespeur aan Zyranton se gesig nie, eerder opgewondenheid.

"Kyk mooi na jouself en gee gehoorsaamheid aan Kalanthi."

Taima beur vorentoe soen Zyranton op die mond en druk hom teen haar vas.

Zyranton wikkel hom uit. "Néé moenie! Ek is nie meer 'n seuntjie nie. Ek gaan 'n kryger word! Krygers word nie gesoen en gedruk nie!"

Taima kom ongemaklik oor die optrede van Zyranton voor. Hy is maar net agt.

Zyranton draai na Lazinnerin en steek sy hand uit na hom.

Lazinnerin vat ferm aan die seunshand. "Wanneer jy terugkom, begin ons opleiding vir 'n Kantan-kryger. Die beste Kantan-kryger ooit."

Zyranton glimlag.

Kalanthi knik. "Laat ons by die sterskip kom," sê hy haastig.

Zyranton se oë is opgewonde. "Kan ek die sweeftuig beheer?"

Kalanthi knik, "ja, Anton."

Die enkel-sweeftuig styg na die donkergrys laag hangende wolke. Donderslae klink waarskuwend op.

Voor die liggaam van Kalanthi sit Zyranton met sy hande op die stuurstang.

Zyranton kyk om en verby die liggaam van Kalanthi. Hy sien hoe Lazinnerin en Taima klein word.

Wolke omvou die sweeftuig en Zyranton kyk weer voor hom.

Taima se oë dwaal weg van die wolke.

'n Hand word op haar skouer gesit en sy kyk na die hand van Lazinnerin. Haar oë ontmoet die van Lazinnerin. Taima lek eers oor haar lippe voordat sy praat.

"Ek dink jy moet vir Magkryger-meester Baladi op hoogte bring van die nuwe verwikkelinge met Anton."

Lazinnerin neem sy hand weg. "Nee, ek neem my eie besluite."

Taima skud haar kop. "Jy is 'n egoïstiese mens. Jy wil bewys dat jy met alles in beheer is, maar jy is nie. Ek vra jou net ter wille van gerusstelling, gaan na Magkryger-meester Baladi en lig hom in, asseblief."

Lazinnerin het 'n woede blik. "Ja, jy is reg. Ek is 'n selfsugtige mens, maar ek is in beheer met alles!"

Lazinnerin stap weg.

Verloop van dae

Die gange in die kasteel is stil en leeg. Die fakkels teen die mure gooi bewegende swart skadubeelde teen die mure.

Harde voetstappe klink op soos 'n Barakka en 'n Ratattel-reus die gang afgeloop kom. Hulle gaan voor 'n deur staan. Die Ratattel-reus Hoggaror Bartok se groot vuis hamer teen die deur. Hy stoot die deur oop en die Barakka volg hom die kamer binne.

Agter 'n tafel sit Magkryger-meester Baladi en kyk op na die twee. Hoggaror breek die draende stilte.

"Ons hét gespioeneer soos ons met jou ooreengekom het. Zyranton is nie in die woud of naby die hut nie. Hy kan nie vir so lank in die hut wees nie. Dit het onder my aandag gekom, én ek hoop ek is verkeerd, dat Zyranton weg is."

Die Barakka Quies gaan voort: "Ek het van my geestesgawes en instinkte gebruik gemaak en voel aan dat Zyranton nie meer in kontak met sy ouers is nie, én bevind hom ook nie meer op planeet Raggamajos nie."

Hoggaror kyk verskrik na Quies. "Jy het dit nie aan my genoem nie! En jy noem dit nou eers?"

Magkryger-meester Baladi staan stadig agter die tafel op. "Zyranton ís nie meer op Raggamajos nie. Hy is tans in die sorg van Arnikin. Die Donkermag het Zyranton hul prooi gemaak."

"Wát?!" blaf Hoggaror en Quies gelyktydig.

"'n Mag-gees het my ingelig oor die gebeure met Arnikin op Raggamajos. Ek het aan Lazinnerin gesê hulle moet vlug van planeet Raggamajos," sê Magkryger-meester Baladi ontsteld.

"Zyranton is in gevaar en jy laat ons nie weet nie!" gil Quies woedend.

Magkryger-meester Baladi se oë is koud en sonder gevoel op Quies gerig. "Jy, skree nie op my nie en Zyranton is nie in gevaar nie. Daar is 'n bloedband tussen hom en Arnikin, wat in die huidige vorm as, Kalanthi Rasshi, bekendstaan. Daar kan net iets goeds hieruit gebeur met hierdie ontmoeting. Zyranton kan as 'n troefkaart gebruik word om Arnikin sag te maak. Arnikin kan hom weer bevind by die magte op Raggamajos. En dit sal tot in ons guns tel."

Hoggaror wys sy breë vinger in die gesig van Magkryger-meester Baladi. "Meester, jy het Lazinnerin as 'n troefkaart gebruik en hy het in die proses sy arm verloor. Jou volgende troefkaart kan die dood as die wenner uittree. Ek waarsku jou, sou Zyranton seerkry of gedood word, ek sal in die woude oorleef, maar as ek jou in die woude sien ..."

Hoggaror swaai met 'n briesende lyftaal om en stap die kamer uit. 'n Harde slag weergalm en eggo die gange heen soos Hoggaror die deur agter hom toeslaan.

Quies se ligblou oë is verslae op Magkryger-meester Baladi gerig. "Wat nou, meester?"

Magkryger-meester Baladi laat sy kop sak met 'n sug wat volg. "Ek weet nou waar Lazinnerin hom in 'n woud bevind, so bekom deur die mag-gees. Ek gaan na die woud. Ek gaan vir Lazinnerin en Taima inlig. Ek wil jou alleen sien ster met 'n kruiser na planeet Ussar in galaksie, Eoröbur. Jy kan van jou ingebore geestesgawes gebruik maak en hulle vind, maar jy hou jou afstand."

"Wat as Zyranton in gevaar is met Arnikin. Wat dan, meester?"

Magkryger-meester Baladi gluur na Quies. "Soos ek aan jou gesê het, jy hou jou afstand."

Sonder om verder te praat stap Quies na die deur.

Wanneer Quies die deur agter hom toetrek, kyk Magkryger-meester Baladi om hom. Hy bring sy hand na bo en wil met die hand vee om sodoende in verbinding te wees met mag-Rommozor. Maar meteens twyfel Magkryger-meester Baladi. Dit kan die situasie net vererger. Hy laat sy hand sak en stap na die toe deur.

Die digte reënbui wat woed het 'n grys gordyn oor die woud gevorm.

Die hut het net hier en daar 'n gedeelte van die klipmuur wat sigbaar is. Voor die hut staan 'n ou man in swart kleredrag geklee met 'n kappie oor die kop.

Die kleredrag is deurnat oor Magkryger-meester Baladi se liggaam. Die harde gedruis en die fors van die reënbui demp sy stem.

Voor die oop deur van die hut staan Lazinnerin en Taima.

"Moet my nie verkwalik nie, Lazinnerin, ek het aan jou gewaarsku jy moet van Raggamajos vlug! Jy wou nie na my waarskuwings luister nie. Zyranton is in die hande van die Donkermag!"

Lazinnerin is oorbluf deur die skokkende nuus.

"Die man met die naam van Kalanthi Rasshi, het juis sy beskerming en ontferming aan Zyranton bewys! Hy was opreg!" redeneer Lazinnerin verslae.

"Ek is teleurgestel in jou, Lazinnerin! Ek het jou alles geleer van die magte en jou as Kantan-kryger opgelei, maar ek het gefaal. Jou arrogansie het my laat misluk!"

Taima loop nader aan Magkryger-meester Baladi "Én my seun, Magkryger-meester?"

Die gesig van Magkryger-meester Baladi binne die kappie opening het 'n hartseer uitdrukking.

Hy kyk ongemaklik deur die reëngordyn na Taima. "Ek kan net my hartseer en droefheid aan jou bevestig, Taima. Zyranton is in die hande van die Donkermag."

Magkryger-meester Baladi draai om en stap weg...

15

Taima haal van Lazinnerin se klere uit die openinge in die muur. Sy gooi dit in 'n groot sak gemaak van vel en seemsleer.

Lazinnerin kyk verward en verbaas na haar.

Sy gryp die sak aan die leerbande en gooi die sak teen die lyf van Lazinnerin vas.

"Loop ... lóóp net! Ek wil jou nooit weer in my lewe sien nie! Jy is 'n verraaier en moordenaar. Jy het jou eie seun opgeoffer om jou as 'n mislukking uit te wys!"

Lazinnerin hou sy hande voor hom. "Taima, wag. Ek, ek is jammer! Verstaan tog, ek sal nie my eie bloedseun aan die Donkermag gee nie ..."

"Maar jy hét, Lazinnerin! Ek het gesê jy moet gaan ... Gaan nét! Loop!"

Lazinnerin kyk na die sak waar die bande om sy voorarm is. Hy draai om en stap die hut uit.

Taima loop huilende na die kamer van Zyranton. Sy loop na sy bed, duik nou met 'n onbeheerde huilbui op haar knieë neer. Sy gryp van die komberse en druk dit teen haar gesig. Harde rou snikke ruk deur haar lyf ...

Iewers met ligjare as afstand gemeet tussen die sterre

Die sterskip is onsigbaar tussen sterre weens hiper maal hiper ligspoed.

Op die brug in 'n stoel kyk Kalanthi (Arnikin) na Zyranton wat in die stoel aan die slaap geraak het. Die seun lyk heilig. Alles is perfek aan Zyranton. Sy ligblonde hare, ligblou oë, sy gelaatstrekke.

Arnikin dink met 'n plooi wat tussen sy oë vorm. Hierdie seun het 'n prooi geword vir die Donkermag en hy is die sleutel. Daar kan nog iets aan die saak gedoen word. Wat as hy ...

Meteens verhelder die gesig van Arnikin in die Kalanthi gewaad. Versigtig en sag vat hy aan die skouer van die seun.

Met 'n kreun, sit Zyranton in die stoel regop. "Is ons al daar ... planeet Ussar? Ons is al vir 'n baie lang tyd tussen die sterre."

Kalanthi kyk stip na Zyranton. "Jou opleiding begin nou," sê Kalanthi in 'n bevel stemtoon.

"Nou? Ek is moeg ..."

"Nee, Zyranton. Jou opleiding begin nou! Ek wil jou voorstel aan Arnikin."

Zyranton frons. "Arnikin? Is hy dan aan boord? Ek het hom nie gesien nie."

Dit gebeur vinniger as 'n oogknip. Arnikin sit in sy eie gewaad in die stoel met swart doek om die gesig gevou.

Zyranton se oë rek groot van skrik. "Ek wil na my mamma gaan! Jy spook!"

"Jy kan nie! Jy sal gedood word!"

"Ek wil!"

"Luister nou na my, Anton! Ek gaan jou geen skade berokken nie, maar die Donkermag gaan wel. Dit is deur die Donkermag dat ek jou moet ontvoer en jou oorbring na die Donkermag! Ek kan nie, jy is bloed van my bloed. Jou vader Lazinnerin is my broer. Ek kon nie jou vader beskerm het soos ek wou nie. Dus is jou vader 'n vyand van die Donkermag. Ek gaan jou oplei sodat jy jouself kan beskerm teen die Donkermag, daarna neem ek jou terug na jou ouers."

Zyranton, wat nou onwetend tot bedaring gebring is deur die sterk hipnose van Arnikin, kyk na die gesig van Arnikin.

"Ek is bang ..."

Arnikin skud sy kop. "Los die bang aan my oor."

Sonder om na Zyranton te kyk, hipnotiseer Arnikin die seun sodat hy slap in die stoel neersak.

Arnikin kyk na Zyranton. "Ek maak 'n belofte aan jou, Zyranton. Ek sal jou met my lewe beskerm."

Galaksie Eoröbur – Planeet Ussar

Galaksie Eoröbur is 'n versperde spiraal gevormde galaksie. Die galaksie kom vinnig nader weens hiper maal hiper ligspoed en wanneer die galaksie bereik word, gaan die sterskip uit hiper maal hiper ligspoed na hiper ligspoed en dan na ligspoed en ster vinnig deur die galaksie.

Meteens is die sterskip uit ligspoed en 'n planeet is voor die sterskip ... Planeet Ussar.

Dit wil voorkom asof die planeet se landskappe driedimensioneel is. Die landskappe is helderkleurig met geel, groen en bruin wat oorheersend voorkom. Donkerblou wat 'n see teenwoordig skei die landskappe van mekaar, maar van die landskappe loop ineen.

Ver heen van die planeet is 'n son.

Om die planeet wentel drie mane. Die een maan se oppervlak is van gekleurde sandduine.

Die tweede maan wat kleiner voorkom se oppervlak is wit en grys rots. Die maan wat die grootste voorkom het variasies van gekleurde klippe.

Ver oor die landskappe heen die stad, Diamkanos, wat aan die land met die naam, Jurluzarlem behoort. Die stad kom hiper beskaaf voor.

Hoë ronde, vierkantige en gedraaide geboue vul die lug en is uit die sig hoe hoër hulle na bo toring.

Lugtuie, ruimtetuie, sterskepe en vreemde vlieënde voorwerpe is om die geboue.

Die aand bring 'n skakering van donkerblou oor die verskillende geboue wat kleurvol belig is. Sterre skitter in verskillende groottes. Die drie mane hang groot oor die stad.

Al drie mane is asemrowend mooi, ook vir die seun, Zyranton, wat op die balkon van 'n woonstel in een van hoë geboue staan en die mane bewonder. Dit is die mooiste mane om te aanskou.

Zyranton het planeet Raggamajos se drie mane vir die eerste keer aanskou saam met Arnikin, wat hom voorgedoen het as Kalanthi op ster na planeet Ussar. Maar wat vir hom die meeste gefassineer het, is die pers blitse alom planeet Raggamajos. Volgens

Arnikin, teenwoordig die blitse die magte op planeet Raggamajos.

'n Beweging agter Zyranton laat hom omdraai. Hy sien 'n vrou met heldergeel-blonde hare wat in stringe gevleg is. Die stringe strek tot die enkels van haar stewels. Haar hoekige groen oë is sagkens op die seun gerig. In haar hande het sy 'n skinkbord met eetgoed daarop en rooi koeldrank in 'n glas. Sy sit die skinkbord op 'n tafeltjie neer.

"Kom eet ietsie. Jy moet seker honger wees na die lang sterrereis, hmm … Reine."

Zyranton kyk met sy ligblou oë na die jong vrou. "My naam is, Zyranton, of Anton. En nee, ek is nie honger nie."

"My naam is Balanka. Ek voel aan jy verlang na jou mamma."

Zyranton loop uit die balkon die vertrek binne. "Is jy werklik? Ek weet nie meer wie of wat om te glo nie."

Balanka glimlag. "Ek is werklik. Jou opleiding gaan met my begin en ek gaan jou bystaan totdat jy 'n kryger is vir die …"

'n Stem agter Balanka laat haar omkyk. Arnikin gluur haar. "Vir homself. Ek het dit alreeds so aan jou verduidelik."

Balanka kyk weg van die oë van Arnikin. "Jy trotseer die verkeerde kant van die Donkermag, Arnikin. Jy bring hierdie seun in meer gevaar."

"Genoeg!" sê Arnikin skerp. "Met die sonne opkoms begin jy hom oplei in die sekellemwapen. Wanneer hy die wapen bemeester het, lei ek hom op in die vloeilemsabel."

Zyranton frons belangstellend. "Wat is dit?"

Arnikin loop na Zyranton en vroetel in 'n skede. Hy bring 'n silwer hef te voorskyn.

Zyranton het 'n vraende blik. "My vader het aan my die laserlig van 'n laserwapen gewys."

Arnikin se oë lag bo die doek. "Kyk hierna, baie beter en gevaarliker as 'n laserlig."

Arnikin druk op 'n knoppie en 'n blinknat kwiksilweragtige lem vorm die hef uit. Hy buk af na 'n bank en neem 'n kussing. Hy gooi die kussing die lug in op en kap na die kussing terwyl dit na onder val. Die blinknat kwiksilweragtige lem kap moeiteloos en akkuraat deur die kussing. Wit donse versprei van die kussing heen. 'n Kussing in repe plof op die mat neer.

Zyranton hou sy hand uit na die hef, maar die blinknat kwiksilweragtige lem vorm terug in die hef.

Arnikin plaas weer die hef 'n skede binne.

"Gee aan my die wapen ek wil nou oefen!" sê Zyranton opgewonde.

Arnikin plaas sy hand ferm om die seun se skouer. "Wanneer die tyd reg is."

Die hele omgewing is helder belig. Dit is bedrywig in die smal voetpaadjies. Verskillende wese-spesies, onder andere die mens in ultra moderne klere, loop bankvas in verskillende rigtings heen.

Kinders se gille en skreeue is uitbundig vanuit die parke wat uit speelapparate en swembaddens bestaan. Geboue strek asemrowend en vreesaanjaend om die parke na bo.

'n Barakka wese-spesie gaan by 'n verligte inloop van 'n gebou staan. Sy ligblou oë is op die gebou voor hom gerig. Quies weet dat Zyranton in dié gebou is. Hy weet presies waar Zyranton hom bevind, maar die opdrag van Magkryger-meester Baladi is: Hou jou afstand.

16

Planeet Raggamajos

Die motreën omvou die man wat voor 'n hut staan.

'n Byl word omhoog gehou, en wanneer hy die byl na onder swaai en die kop met die lem deur die houtstomp kap, val die houtstomp middeldeur van die boomstomp af.

Die man draai om, om nog 'n houtstomp op te tel, maar versteen wat sy donkergroen oë aanskou.

'n Vier meter lange Ratattel-reus staan 'n ent weg van die man. Die bruin oë gluur die man aan.

Om die reus se nek is die karkas van 'n dier. Aan die regterskouer hang 'n koker met pyle en oor die linkerskouer 'n kruisboog gehaak.

Die Ratattel-reus draai om en begin om weg te stap.

"Moet jy nie ook jou rug op my draai nie, Hoggaror!"

Hoggaror stop en draai na die man. "Lazinnerin, jy het jou rug op my gedraai. Zyranton kon nog op planeet Raggamajos gewees het!"

Lazinnerin se donkergroen oë swem in trane. "Hoeveel straf moet ek nog deurgaan oor die fout wat ek begaan het? Julle almal is aanklaers en spreek vonnisse uit oor 'n fout wat ek begaan het. Loop en laat jy gaan. Dink deeglik voordat jy 'n fout begaan, want niemand vergewe jou nie ... Niemand nie!"

Lazinnerin draai om, gooi die byl sodat die kop in die boomstomp lem en loop die hut binne. Binne die hut staar Lazinnerin na die leë vuurmaakplek.

Meteens vou 'n swart skadu oor hom en hy kyk verskrik om.

In die deur staan Hoggaror. "Kom ons slag die rebakuba af. Ons het baie om oor te gesels."

Planeet Ussar

Verloop van twee en tagtig planeet Ussar jaar

Balanka Merzer se skerphoekige groen oë is stip op seuntjie van tien planeet Raggamajos jaar, Zyranton Arrabel, gerig. Sy hare het langer gegroei en het 'n kuif.

Hy is geklee in moderne klere met die kleure rooi, geel en swart. Met enkelhoogte swart stewels met rooi en geel om die agterkant.

In die hande van Zyranton is 'n steel wat ver aan weerskante van hom strek. Aan elke hoek van die steel is 'n sekelvormige lem.

"Jy het goed na my as jou meester geluister met die opleiding van die sekellemwapen. Demonstreer aan my wat jy geleer het," sê Balanka.

94

Die sekellemwapen is gemaak van liggewig vlekvrye metaal, dus is die wapen baie lig.

Zyranton se vingers begin om heen en weer oor die steel te wikkel en te trom. Die steel begin om stadig te roteer en al hoe vinniger. Wind en kap geluide klink op. Die sekelvormige lemme is net as silwer strepe sigbaar.

Zyranton begin om agteruit te tree. Met die momentum van die roterende lemme spring hy in die lug in op, buig sy liggaam agteroor en land weer op sy voete. Voor hom hang voorwerpe aan deursigtige nylon lyne. Hy beheer die sekellemwapen en die sekelvormige skerp lemme kerf vorms uit die voorwerpe. Skywe van die vorms wat akkuraat afgeskil word, versprei van die vorms af weg. Sy hande staak om sirkelbewegings uit te voer en die steel staak om te roteer. Die sekellemme glinster vir 'n oomblik onder die sterk beligting van die arena.

Zyranton voer 'n beweging met sy hande uit en blitsvinnig is die steel opgevou. Met een beweging word die sekellemwapen in die skede aan die heup van Zyranton gesit.

Balanka knik ingenome. "Wat van 'n beloning? Kwaliewha roomys met rooi starsies sous."

Zyranton glimlag en knik. "Ek sal ook op my hande loop vir nog meer."

Balanka lag.

Dit is aand. In die woon-eenheid waar Zyranton saam met Arnikin en Balanka woon, sit hy saam met hulle aan 'n ronde gekroomde metaal- en glasbladtafel en eet aandete. Hy eet met gesofistikeerde eetgerei wat verbind is met magnetiese velde vanaf 'n rekenaar.

Zyranton frons ongemaklik wanneer die vurk groente na sy mond uithou.

Balanka glimlag. "Anton, die rekenaar sal sorg dat jy 'n gebalanseerde maaltyd geniet."

Zyranton skud sy kop. "Nee."

Die eetgerei sweef na sy bord en lê gespasieerd in sy bord.

"Ek is nie meer honger nie."

Arnikin kyk ook na Zyranton. Arnikin het nie die swart doek om sy neusbrug en wange gevou nie. Die litteken van 'n sny begin in die linkerkantse ooghoek teenaan die neusbrug en loop verder met die wang af en eindig op die onderkantse kakebeen.

"Ek onthou die eerste keer toe jy saam met ons geëet het. Jy kon nie genoeg geëet het nie met groente en al, maar nou ja, jy het 'n rede gehad. Jy wou met die eetgerei speel." sê Arnikin laggend.

Zyranton glimlag saam met die gelag van Arnikin en Balanka. Hy kyk weer na die bord voor hom.

Wanneer hy opkyk na Arnikin is sy ligblou oë wasig en trane dam in sy oë op. "Ek wil terug na my mamma en pappa. Julle het my genoeg opgelei."

Balanka kyk uitdagend na Arnikin opwag vir 'n antwoord. "Ek het jou nie klaar opgelei nie. Daar lê nog een opleiding vir jou voor. Die vloeilemsabel."

Zyranton kyk na die bord voor hom en skud sy kop. "Ek stel nie meer belang in die vloeilemsabel nie."

Arnikin voel hoe Balanka na hom kyk. "Nou goed dan," begin Arnikin, "ek en Balanka het 'n baie belangrike afspraak vanaand. Wanneer ons terugkeer, gesels ons oor planeet Raggamajos."

Zyranton kyk nou met 'n opgewonde oë na Arnikin.

Zyranton trek sy klere uit en maak die deur oop van 'n sproei-masjien. Hy stap binne en maak die deur toe. Hy druk op 'n knop en die liggaam van Zyranton word van alle kante met waterwolke en stoom omvou. Hy neurie vrolik en skuimbolle dik teen die deursigtige glas aan.

Nie ver van die sproei-masjien nie, sit Arnikin en Balanka op 'n rusbank.

"Jy kan nie vir Zyranton terugneem na planeet Raggamajos nie! Die Tallottara-gees sal dit nie toelaat nie, so aanvaar dit, Arnikin. Zyranton is deel van ons en óns is deel van die Donkermag."

Arnikin, met die swart doek om sy neusbrug en wange gevou, skud sy kop. "Hy was te oud om van planeet Raggamajos weggeneem te word. Hy is te geheg aan sy moeder en vader. Zyranton is spesiaal. Ek kan hom nie swaai na die Donkermag nie."

Balanka staan op. "Jy het nie 'n keuse nie! Dit is 'n opdrag van die Tallottara-gees en die Lawakoningin Yeva! Hulle gaan wraak neem op jou! Jy moet vanaand aan die Tallottara-gees ons vordering met Zyranton verduidelik, ek moet ook. Én my bevinding is, Zyranton is gereed om oorgebring te word na die Donkermag."

Arnikin staan ook op. "Zyranton is te oud! Die mag-Rommozor wat in hom heers kan Zyranton tem, hoor jy? Tem! Dit is by 'n uitsondering dat die mag-Rommozor getem kan word en Zyranton hét."

Balanka gluur vir Arnikin uit die hoogte aan. "Jy voel aan dat Zyranton spesiaal is, wel ek het nuus vir jou. As jy nie vir Zyranton gaan swaai na die Donkermag nie, gaan hy gedood word! Én wat het jy dan bereik? Jy hét nie 'n keuse nie, Arnikin. Zyranton moet deel vorm van die Donkermag of die dood is die enigste alternatief vir hom en vir jou."

Arnikin het 'n verskrikte blik. Hy besef Zyranton verkeer in groot gevaar ...

Die lugtuig met Arnikin en Balanka aan boord sweef met 'n hoë spoed weg van die gebou.

Op die wooneenheid se balkon staan Zyranton en kyk na die lugtuig totdat dit saam met die swart nag uitsig is. Hy loop vanaf die balkon die wooneenheid binne. Sy hoof is gebuig sy oë gerig na die vloer. Hy verlang. Hy het 'n teer verlange na sy mamma Taima en pappa Lazinnerin.

Zyranton se oë rus op die sekellemme van die sekellemwapen in die skede aan sy lyf. Waarom wil Arnikin hê hy moet altyd gewapen wees en dit met sy nagklere aan?

Hy kyk na sy kaalvoete. Hy kyk na die merkies wat die kouse en skoene aan sy voete gemaak het.

Wanneer hierdie seun opkyk, rek sy oë verstar van verbasing.

Voor hom is 'n kleed. En aan die onderkant van die kleed steek geelbruin bene van 'n voet uit wat aan 'n skelet behoort.

Die oë van Zyranton is alreeds gerig op die kappie opening waar 'n skedel se oogkas openinge met gruwelike geelbruin slagtande op hom gerig is. Die kleedmou beweeg en word na bo gerig. 'n Bruin bene-hand met lang bruin bene-vingers word na Zyranton uitgehou.

"Kom, kom na my toe, ek wil jou mamma wees ..." sê 'n sag meisiestem wat van die skedel afkomstig is.

Zyranton voel hoe 'n golf van kalmte in hom heers, dis die opleiding deur Arnikin.

Sy vingers krul om die opgevoude steel van die sekellemwapen.

Die stringe van lugverkeer kom van voor en ook in die rigting waarheen die lugtuig onderweg is.

Arnikin se gesig met die swart doek oor die neusbrug en mond word in groen verhelder deur die vloeibare kristal instrumentasie. Hy kyk vir Balanka en frons.

Sy grimlag terwyl sy voor haar kyk.

"Kan ek jou vra wat so amusant is?"

Balanka kyk nou met 'n oopmond glimlag na Arnikin. "Dink net, Arnikin, op 'n tyd nie ver die toekoms in nie, sal planeet Ussar ook deur die Tallottara-gees en die Lawakoningin Yeva regeer word, die Donkermag. En soos dit aan jou en my beloof is, sal ons, ons eie planete regeer. Ek hoop ek regeer 'n planeet waar my vader Drako ook sal regeer. Vader en dogter kombinasie of hoe?"

Arnikin dink. "Ja, ek wonder waar die planeet sal wees wat ek gaan regeer. Ek hoop dit sal planeet Ussar wees."

Balanka se skerphoekige groen oë gluur vir Arnikin. "Jy en Zyranton sal 'n planeet tesame regeer, daarvoor sal ek kan sorg."

Arnikin sak terug in sy stoel van frustrasie. "Waarom verstaan jy nie! Zyranton sal nie kan geswaai word na die Donkermag nie, so laat staan dit nou!"

Balanka knik. "Goed, ek sal ..."

"Die Tallottara-gees sal maar net moet verlief neem van die situasie waarin Zyranton is, hy is te oud!"

Balanka knik haar kop. "Ek wou jou nog gesê het. Die Tallottara-gees weet alreeds van Zyranton se situasie, ek het hom daaroor ingelig."

Arnikin se oë verhelder. "So hy weet? Wonderlik! Ek sal aan hom bevestig dat ek Zyranton met die sonsopkoms sal terugneem na planeet Raggamajos."

Balanka het 'n vermakerige blik. "Die Tallottara-gees het ook sy hulp aangebied met Zyranton."

Arnikin frons. "Werklik? Vreemd. Hy verstaan dus die situasie."

Balanka knik met haar kop. "Jy sal nie vir Zyranton kan swaai na die Donkermag nie, maar Lawakoningin Yeva sal, kan én gaan. Dít is die hulp wat die Tallottara-gees aanbied. Die Tallottara-gees het ook aan my gesê wanneer ons op lug is na hom en ons by hom is, sal Lawakoningin Yeva met Zyranton te werk gaan. So dit is nie meer jou probleem nie."

Arnikin word bleek. Meteens is sy helder ligblou oë met woede gevul. "Jy ... jou ...!"

Arnikin wil aan die stuur verander, maar 'n sekelvormige lem is alreeds teen sy keel.

Arnikin gluur na Balanka wat die steel dubbel gevou het met een sekellem wat alreeds deur die keelvel van Arnikin begin sny.

"Die Tallottara-gees het ook aan my beloof dat dit jou laaste keer is dat jy onstandvastig in die Donkermag sal wees."

Arnikin bekyk die verkeer van voor.

Balanka druk die sekellem harder teen sy keel. 'n Bloedstraal loop teen sy keel af.

17

Die lang grys haarbedekte liggaam van die Barakka, Quies, loop in die gang af van die vloer waar Zyranton in die wooneenheid is. Die stem van Magkryger-meester Baladi maal in sy kop: "Hou jou afstand." Maar Quies voel 'n vrees in hom heers ... Sy eie vrees.

Hy gaan voor die skuifdeure staan van die wooneenheid waar Zyranton in is. Quies trek sy oë op skrefies.

Binne die wooneenheid is die ligblou oë van Zyranton kalm op die bene-hand van Lawakoningin Yeva gerig.

Lawakoningin Yeva praat in 'n singende meisiestem om so doende vir Zyranton te hipnotiseer. Maar Zyranton se vingers bly krul om die sekellemwapen se steel.

"Kom, jy gaan vir altyd by my wees, Anton. Ek sal jou nooit verlaat nie. Mamma sal jou beskerm ..."

Dit is asof Zyranton se oë wasig voorkom, meteens verhelder die oë. Dit wil voorkom asof Zyranton op en wakker is.

"My mamma?"

"Ja, jou mamma, ek is jou mamma. Kom na die Donkermag. Ek is vir ewig ..." Die geelbruin bene-hand kom al hoe nader aan Zyranton.

Zyranton kyk na die skerp geel punte van die bene-vingers wat byna teen sy gesig gedruk is. Hy begin sagkens fluister: "Arnikin het my opgelei om te waak teen die Donkermag ..."

Dit gebeur vinnig. Die steel is oopgevou in die hande van Zyranton. Hy roteer die sekellemme. Die lemme kap vinnig deur die bene-hand en die hand val met 'n plofgeluid op die vloer neer.

Lawakoningin Yeva duik met 'n hees skrilstem agteruit.

Om van die momentum van die roterende sekellemwapen te gebruik, draai Zyranton in die rondte. Die sekelvormige lemme het alreeds deur die swart kleed gesny. Die kleed val in repe van Lawakoningin Yeva se skelet af.

'n Diep byna histeriese gegrom is van die skedel. "Jy sal aan die Donkermag verbonde wees!"

Lawakoningin Yeva spring na 'n muur en verdwyn deur die muur.

Die steel staak om te roteer in die hande van Zyranton. Hy kom tot op sy voete te lande. Sy ligblou oë kyk na die bene-hand en kleed wat in repe op die vloer lê. 'n Tevrede glimlag vorm oor sy lippe.

Quies se mond trek 'n glimlag. Hy het van sy meer as 30 ingebore geestesgawes van instinkte gebruik gemaak. Hy kon alles aanskou wat gebeur het.

Zyranton is deel van die Magkrygers en sal verbonde aan die Magkrygers wees.

Quies draai voor die deur om en stap weg.

Die skuifdeur skuif oop en Zyranton gaan in die opening staan. Hy kyk die lang grys haarbedekte Barakka agterna.

Hy glo dat hy 'n planeet Raggamajos kontak ondervind het. Zyranton skud sy kop en stap die wooneenheid binne. Die skuifdeur skuif toe.

Quies stop en kyk met 'n vraende blik in sy oë om. Hy kyk na die skuifdeur. Hy het tog 'n kontak aangevoel. Miskien moes hy net vroeër omgekyk het. Quies skud sy kop en stap verder met die gang in af ...

Dit is laat die aand en lugverkeer deur lugtuie is opmerklik minder. Nou en dan gaan 'n lugtuig verby 'n hoë gebou. Al die vensters is swart weens dat dit eenrigting venters is.

Die gille van 'n man hang swaar in 'n wooneenheid. 'n Plofgeluid word gehoor wanneer 'n liggaam slap op die mat val. Die doek oor die neusbrug en mond van Arnikin is deurnat van bloed. Voor hom sweef 'n swart kleed. Die openinge van die kleed is swart, want die kleeddraer is 'n gees, die Tallottara-gees.

Die moue van die kleed sweef na bo en Arnikin sweef na bo. Sy oë trek van pyn.

Weereens vul doodsgille die wooneenheid.

Die moue van die kleed val tot langs die sye van die kleed en Arnikin se liggaam val slap op die mat neer.

'n Diep stem kom vanuit die leë kappie van die kleed. "Nou luister jy wat ek aan jou sê, Arnikin Arrabel! Jy sal standvastig in die Donkermag wees en dit geld met alle dade wat aan jou toevertrou word!"

Balanka, wat die heeltyd met haar rug teen 'n muur staan, se oë rek wanneer 'n geelbruin skelet langs die kleed van die Tallottara-gees sweef.

Dié skelet sak na onder en kom tot op lang geelbruin bene-voete te lande.

Die leë kappie van die kleed wat die Tallottara-gees dra is gerig op 'n skedel.

Lawakoningin Yeva bring haar bene-arm na bo van waar die hand afgekap is.

Weer rek Balanka se oë van verbasing.

'n Droë bene-hand vorm uit die bene-arm.

Die oogkas openinge van die skedel is op die lêende Arnikin gerig.

Meteens sweef Arnikin tot voor die skedel.

'n Diep grommende woedende stem word gehoor. "Ek sal Zyranton dood! Ek gee jou nog één kans! Jy sal hom swaai na die Donkermag, hoor jy my? Jy sál hom swaai!"

Arnikin sweef met fors na die oorkantse muur en tref die muur. Die liggaam val slap op die vloer neer.

Wanneer Balanka wegkyk van die stil lêende liggaam van Arnikin, is hulle alleen in die woonstel.

Balanka loop op die lêende Arnikin af en rol hom tot op sy rug om, sodat hy na haar moet kyk. Ten spyte van die toestand van skok en pyn waarin Arnikin verkeer, ruk hy Balanka se hande van hom weg en beur regop.

Balanka wil aan Arnikin vat, maar hy gil. "Los my! Loop nét!" Arnikin staan wankelrige bene op.

Balanka gluur met haar skerphoekige groen oë Arnikin met selfverwyt aan.

"As ek geweet het dit is hoe die Tallottara-gees met jou te werk sal gaan, sou ek jou nie na hom gebring het nie ..."

Arnikin gluur nou met woede na Balanka. "Jy is 'n verraaier! Net soos destyds toe jou vader en jy my onderskep het. Ek was ook te oud vir die Donkermag, maar nou is ek deel van die Donkermag. Maar ek het my eie siening oor die Donkermag. Ek duld nie verraaiers nie!"

Dit gebeur vinnig, Arnikin swaai sy hand voor die gesig van Balanka. Met sterk breinkrag, veroorsaak hy 'n steuring in haar brein. Sy sak slap en bewusteloos neer.

Arnikin staar na die slap liggaam. "Én so ken ons mekaar ..."

Arnikin pluk die doek oor sy neusbrug en mond af. Hy vee met die agterkant van sy hand, die bloed oor sy neus en mond af. Hy tree bo-oor Balanka en stap die wooneenheid uit.

In die gebou van Arnikin en Balanka.

Met 'n droë skoon swart doek oor sy neusbrug en mond, bekyk Arnikin die geelbruin geraamte-hand en die kleed in repe wat op die vloer lê. Hy loop na die hand en reik met sy hand uit om dit op te tel, maar sodra hy aan die geraamte-hand raak, verdwyn dit.

Sy aandag word van die gebeurtenis weggelei wanneer Zyranton die sitvertrek binnestap. Hy is geklee in 'n geel T-hemp, blou kortbroek met ligblou enkelhoogte nylon skoene en wit sokkies.

Oor die skouers is skouerbande van 'n sagte rugsak wat anatomies gevorm is, waarin sy klere van planeet Raggamajos is. In 'n skede aan sy heup is die lemme van die sekellemwapen.

Arnikin steek sy hand uit en vat om die skouer van Zyranton. "Kom, ons het nie baie tyd nie."

Met Zyranton langs hom, loop Arnikin die wooneenheid uit.

18

Die sterskip met Arnikin en Zyranton aan boord vlieg vinnig, met sterre wat die skip omring.

Agter die sterskip word die helder kleurige driedimensionele landskap van planeet Ussar al hoe kleiner. Die drie mane het 'n asemrowende mooi sig terwyl die sterskip verby hulle vlieg.

Die sterskip verdwyn hiper maal hiper ligspoed binne.

Planeet Raggamajos
Dae later

Die groen natuur het 'n grys skakering weens die laaghangende digte miswolke.

Diere en voëls se roepe word geuiter.

'n Sluierwolk hang oor 'n massiewe hut. 'n Geel gloed is sigbaar waar die vensters van die hut is.

Binne die massiewe hut van die reus Hoggaror Bartok, lek vlamme aan breë houtstompe wat binne 'n vuurmaakplek gerangskik is.

By 'n ronde houttafel, met 'n brandende vetkers in die middel, sit Lazinnerin Arrabel met sy elmboë gestut op die tafelblad. Aan die oorkant van die tafel, sit Hoggaror. In sy linkerhand word 'n kruis-hef van 'n swaard verberg. In die ander hand is 'n klipsteen. Die klipsteen word oor die lem gestoot om dit skerper te maak. Die geluid van 'n klipsteen wat op yster skuur vul die hut.

Die donkergroen oë van Lazinnerin rus op die bruin baardbegroeide gesig van Hoggaror.

"Ek haat hom ..." sê Lazinnerin. "Ek haat Arnikin."

Die klipsteen in die reus se hand word stilgehou en weer oor die lem gestoot.

107

"Jy moet nie haat nie, Lazinnerin. Haat los nooit probleme op nie. Dit vererger probleme net meer en implikasies tree na vore," sê Hoggaror.

"Hoekom nou aan my sê, Arnikin is my broer? Jy kon dit vroeër aan my gesê het! Maar jy lieg nog verder. Ek weet nou Arnikin hét ons vader Lotario gedood. Só probeer dit nou ontken, toe?"

Hoggaror kyk lank en stip na Lazinnerin en sit die swaard en die klipsteen op die tafel neer.

"Die magte openbaar aan jou dat Arnikin julle vader Lotario gedood het. So ek het niks aan jou gelieg nie. Ek en Magkryger-meester Baladi het tot nou nie aan jou gesê van jou broer Arnikin nie, totdat ek dit nou aan jou gesê het, vir 'n rede. Sodat jy gerus moet wees dat daar 'n bloed stamverwant tussen Arnikin en Zyranton is. Bloed is 'n sterker skild as 'n skild van yster. Yster het nie gevoel nie, bloed het wel. Die magte het die moeilikste deel gedoen om jou in te lig dat Arnikin julle vader gedood het. Nou, Arnikin sal nie kan vir Zyranton swaai na die Donkermag nie, hy is nie daartoe in staat nie."

"Nou wie is dan?"

"Die Tallottara-gees en die Lawakoningin Yeva."

"Maar dan is Anton in gevaar!"

"Nie met Arnikin in die nabyheid nie. Om vir Zyranton geswaai te kry na die Donkermag, sal Arnikin gedood moet word."

"Daar sê jy dit self! Wat help dit dan?"

"Baie! Die dubbel Rommozor-mag wat in Arnikin heers, sal weer in die hande van die mag-geeste onder die leiding van mag-Rommozor homself wees!

Maar dit weet die Tallottara-gees en die Lawakoningin Yeva ook. Daardeur sal hulle Arnikin nie dood nie, al wil hulle. Hulle weet dat Arnikin verbonde aan die mag-geeste is."

"Arnikin is dus 'n sleutelfiguur," maak Lazinnerin sy afleiding.

Hoggaror knik sy kop terwyl hy die swaard en klipsteen weer neem. "Baie meer as wat jy dink, baie meer."

"Hoekom besit ek nie die mag-Rommozor nie?"

Hoggaror laat die klipsteen op die lem rus. "Jy het dit nie vir jouself uitgewerk nie? Nou goed dan, die antwoord is: Dit is die mag-Rommozor se oordeel om aan Arnikin 'n dubbel mag-Rommozor te gee. En so betree hy die wet. Sou daar aan 'n eersgeborene in 'n bloedstam, 'n dubbel mag-Rommozor gegee word, soos met Arnikin, mag die opvolg bloed, dis nou jy, nie oor 'n mag-Rommozor beskik nie. Maar die bloedstam uit jou, soos met Zyranton, is geoorloof vir die besit van die mag-Rommozor."

"Maar, waarom 'n dubbel mag-Rommozor aan Arnikin?"

"Die antwoord daarop is jou vader, Lotario. Soos ek aan jou verduidelik het, is Lotario die lig laat sien deur die Lawakoningin Yeva in vlees vorm en die Tallottara-gees as gees vorm, as Sadriza. En sou Lotario 'n afstammeling het soos met Arnikin, het mag-Rommozor besluit die dubbel mag-Rommozor sal vergoed, deurdat Lotario uit 'n dubbel euwels die lig laat sien is."

Lazinnerin verstaan en knik stilswyend sy kop.

Hoggaror stoot weer die klipsteen oor die lem. Die skuurgeluid van klipsteen op yster breek die stilte.

19

'n Dreuning vanuit die wolke laat verskillende voëls en vlieënde gediertes opfladder.

'n Blink silwermetaal vreemde vlieënde voorwerp sak laer af en is so deur die wolke en die sterskip vlieg nou onder die wolke verder.

Op die brug van die sterskip kyk Arnikin links van hom na die stoel naaste aan hom. Hy sien hoe Zyranton met sy kop skuins slaap.

Arnikin dink, hy is nou terug op planeet Raggamajos. Moet hy hom nie dalk aan die magte oorgee nie?

Meteens ruk die sterskip met 'n oorverdowende slag wat volg en duik neus eerste na benede. Waarskuwingsliggies flits met alarmfluite. Een van die masjinerieë het opgepak.

Arnikin tik benoud oor die toetsborde, maar vir 'n oomblik is groen van bome sigbaar deur die brug se vensters. Die sterskip ruk deur 'n gedruis van takke. Metaal wat skeur word vreesaanjaend gehoor.

Maar die benoude geskreeu van 'n kind oorweldig alle geluide.

Die sterskip se neus duik modder grond binne. Te danke aan die magnetiese-stroom sitplekke was Arnikin en Zyranton deurentyd in die stoele gehou.

Zyranton het 'n verskrikte blik. Arnikin vryf hom oor die hare.

"Ons is op planeet Raggamajos," sê Arnikin verlig dat die sterskip nie ontplof het nie.

Zyranton kyk verskrik deur die brug se vensters.

"Met 'n groot knal."

Arnikin vind Zyranton amusant. "Kom seun, ek neem jou na mamma en vader."

Arnikin druk op 'n knop en die magnetiese-werk van die stoele staak en hulle staan op.

Arnikin vat aan die skouers van Zyranton. "Luister Anton, jy is 'n seun wat enige man as sy eie wil hê. Maar hier diep binne my is jy soos my eie seun. Dus wees altyd versigtig en kyk na jouself."

Arnikin druk Zyranton teen hom vas.

In die uiters hoë humiditeit woud gaan Lazinnerin uit die hardloop stilstaan. Hy en Hoggaror het in verskillende rigtings gehardloop nadat hulle die oorverdowende harde slag gehoor het.

Dit kan nie anders wees as 'n sterskip wat neergestort het nie, maar waar?

Hy hardloop verder opsoek na wrakstukke.

Arnikin, met die swart doek oor sy neusbrug en mond gebind met Zyranton met 'n rugsak oor sy skouers langs hom, loop tussen hoë bome deur. Bosse is dig begroei om die bome en verder weg.

Arnikin gebruik sy instinkte en hy voel 'n teenwoordigheid in die woud aan. Tog laat dit hom onrustig en angstig voel. In sy geestesoog sien hy die beeld van 'n hut.

Hy kyk langs hom en sien dat Zyranton nie langs hom is nie. Verskrik kyk Arnikin agter hom en slaak 'n sug van verligting. Zyranton het agtergeraak. Wanneer hy by Arnikin aansluit, hurk Arnikin voor hom. Hy neem die seun ferm aan die skouers.

"Luister, ons groet. Van nou af is jy op 'n planeet waar jy hoort. Jy gaan nog my vyand word en ek joune. Bly weg van die Donkermag, dit is jou vyand."

Arnikin sien die verwarring in die blik van Zyranton, maar hy ignoreer dit. Om vrae te vermy wat tot tydmors kan lei, wys Arnikin na 'n digbegroeide bos.

"Loop met daardie bospaadjie, jou hut waar jy gebore is, is nie diep die woud in nie. Jou mamma Taima wag op jou."

"My mamma!" Zyranton begin loop na die bospaadjie.

"Nie so haastig nie!" sê 'n stem.

'n Swart kleed sweef uit die bosse en kom reg voor Zyranton sweef. Sy oë is gerek.

Arnikin is kort van asem weens skok oor die swart kleed ... die Tallottara-gees.

"Zyranton is spesiaal, Tallottara! Hy sal nie kan aanpas in die Donkermag nie!"

"Ja én já. Ja, Zyranton is spesiaal én ja, hy sál aanpas in die Donkermag, daarvoor is ek daar. Maar aangesien ek dit nie deur jou sal vermag nie, sal ekself tot die daad oorgaan."

"Tallottara, nee!" gil Arnikin.

"Ek gaan vir Zyranton Arrabel saam met my in gees neem. Sy liggaam kan op planeet Raggamajos agterbly ter nagedagtenis."

Arnikin wil nog smeek, maar dit gebeur vinnig.

Zyranton het alreeds die sekellemwapen oopgevou en die sekellemwapen word geroteer. Kap en wind geluide klink van die lemme op.

Zyranton spring die lug in op en duik na die Tallottara-gees se kleed.

"Anton, néé!" hang die gille van Arnikin.

Die Tallottara-gees sweef na bo en die kleed vou sonder om deur die lemme raakgekap te word, oor Zyranton. Die sekellemwapen roteer wild uit die hande van Zyranton en in die rigting van Arnikin. Hy koes wild en duik op sy maag neer en die sekellemwapen roteer bo-oor hom en weg.

Vreesbevange deurdringende gille en geskree met harde rou snikke is van Zyranton van onder die kleed.

Die Tallottara-gees se kleed sweef op en weg van Zyranton en die seun val met 'n plofgeluid slap op die rug met die rugsak neer. Bloed loop uit die neus en mond en kronkel met die keel af tot binne die geel T-hemp. Die ligblou oë is leweloos en groot gerek, starend na niks.

Lazinnerin hardloop die bosse uit en gaan stilstaan.

Hy het sy kind se gille gehoor. Hy kyk oral rond, dan sien hy dit. Dit is asof die bloed uit sy gesig dreineer. Voor hom op die grond, slap en leweloos lê sy seun, Zyranton.

Lazinnerin kry sy liggaam nie om te beweeg nie. Hy kyk regs van hom en sien die swart kleed wat sweef. Hy weet dit is die Tallottara-gees.

Lazinnerin se hand vou om 'n laserwapen wat in 'n holster gesteek is. Die laserwapen is koud in sy hand en hy pluk die wapen uit die skede. Hy straal op die swewende kleed, maar die Tallottara-gees weer die strale af deur die moue heen en weer te swaai.

Lazinnerin voel met sy vinger tot op 'n knop en druk op die knop. 'n Helderpers laserlig straal die laserwapen uit. Hy storm op die kleed af en swaai die laserwapen in die lug, maar wanneer hy die laserwapen se helderpers laserlig na onder swaai om so die kleed aan te val, tref die helderpers laserlig 'n blinknat kwiksilweragtige lem, die van 'n vloeilemsabel. Die helderpers laserlig sink halfpad in die blinknat kwiksilweragtige lem weg.

Lazinnerin en Arnikin se oë ontmoet.

Met 'n wind geluid sweef die swart kleed, die Tallottara-gees, van die vegtende mans weg.

Lazinnerin se donkergroen oë is met haat gevul op die helder ligblou oë bokant die swart doek.

"Jy! Ek weet alles! Jy is gevaarliker as die mees gruwelike monster-euwel. Jy het ons vader gedood én nou het jy so ver gegaan om my seun te verraai en te laat dood ... Jy!"

Daar is 'n verwarde blik in die oë van Arnikin.

"Lazinnerin! Ek het nie jou seun Zyranton verraai en laat dood nie! Ek sweer met my hele hart ... glo my!"

"Jy het nie 'n hart nie, Arnikin! Jy is onderdanig aan euwels en die Donkermag is presies soos jou hart is wreed, gevoelloos, haat. Maar ek gaan jou dood! Ek neem bloedwraak en wreek so ons vader se dood én my seun se dood!"

Lazinnerin swaai die helderpers laserlig oor sy skouer, maak 'n sirkelbeweging en kap. Arnikin weer die hou af om die blinknat kwiksilweragtige silwer lem skuins te hou. Soos voorheen sink die helderpers laserlig net halfpad weg in die blinknat silwer lem.

Wanneer Lazinnerin na die kant spring om nog 'n maneuver van 'n krygsbeweging uit te voer, is dit asof die helderpers laserlig in die lug bly vassteek.

Lazinnerin se oë is groot gerek.

Die swart kleed van die Tallottara-gees is verspreid oor die liggaam van Zyranton.

"Nee!" gil Lazinnerin.

Hy storm op die kleed en liggaam af.

Die kleed van die Tallottara-gees sweef van die kind se liggaam weg die woud binne en verdwyn.

Arnikin laat die blinknat kwiksilweragtige lem weer terugvloei in die hef van die vloeilemsabel.

Hy voel hoe ongelukkigheid en hartseer in hom oorheers. Hy gee 'n tree vorentoe, maar 'n pylpunt steek pynlik teen sy slaap. Geskok en ongemaklik kyk Arnikin met sy oë regs van hom. Hy sien net 'n gedeelte van 'n pyl en 'n kruisboog. 'n Gedeelte van 'n reus liggaam van 4 meter is in sy sig.

"Ek wil jou so bitter graag dood, maar die skok van Zyranton se dood pleit by my om jou te laat gaan, maar ek waarsku, sou ek jou ooit weer op planeet

Raggamajos raakloop, sal daar geen skok van dood wees om jou miserabele lewe te regverdig nie."

Hoggaror laat die pyl sak.

Arnikin kyk op na Hoggaror. Hy sluk met trane wat in sy oë swem. "Ek, ek is so jammer ..."

"Loop!" gil Hoggaror.

Arnikin draai om en stap met 'n gebuigde hoof weg.

Wanneer Hoggaror weer voor hom kyk, kom Lazinnerin met trane wat oor sy wange stroom, met die slap liggaam van Zyranton in sy arms aangeloop.

20

Die nagtelike natuur geluide vul die stille hut van Taima.

In die vuurmaakplek lek vlamme aan houtstompe met knetterkraak en verlig so die hele hut in 'n oranjegeel gloed.

Dit lyk asof Zyranton Arrabel sag slaap waar sy liggaam bo-op die tafelblad neergelê is. Sy liggaam is geklee in sy geliefde kleredrag van seemsleer, donkergroen T-hemp met donkerbruin kortbroek met vellies van ligbruin leer aan sy voete. In sy hande wat oor sy maag gevou is, is 'n kransie van pers blommetjies gevleg.

Teen die hut se mure is dansende swart skadu's deur die oranje gloed van die vuur. Die skadu's behoort aan die liggame van Lazinnerin Arrabel,

Taima Chaya, Hoggaror Bartok, Quies en Magkryger-meester Baladi.

Nie een sê 'n woord nie ... nie een hét woorde nie. Maar al die oë is gerig op die lewelose liggaam van Zyranton ...

Grys en wit stapelwolke is verspreid ver uit die sig heen.

'n Motreën heers met rukke.

Quies staan by 'n hopie modder grond ... Zyranton se graf. Kranse van gevlegte blare en tak met verskillende kleure veldblomme is oor die hopie grond neergelê.

'n Skuifel word gehoor en Quies kyk om. Hy kyk in die strak gesig van Lazinnerin.

"Ek kom nou net terug van Magkryger-meester Baladi. Zyranton se gees is nie by die mag-geeste van die magte nie, sy gees is weg ..." sê Lazinnerin met droefheid in sy stem.

"Onderskep," val Quies vir Lazinnerin in die rede. "Sy gees is in die kloue van die Donkermag," sê Quies verder.

Lazinnerin kyk hartseer na Quies, draai om en stap weg.

In 'n grot in 'n nabygeleë lawa-spuwende berg, hang hittegolwe so dig soos watergolwe dieper die grot heen.

Rooioranje vlamme knetter lek om die fakkelstokke. Die oranje gloed van die vlamme laat dansende swart skadu's teen die mure beeld.

'n Man in swart kleredrag geklee stap na twee swart klede. Die een kleed sweef. Die ander kleed het geelbruin bene van 'n skelet in die openinge.

Arnikin Arrabel het 'n gluur in sy helder ligblou oë bo 'n swart doek wat om sy neusbrug en mond gebind is.

Hy gaan agter die klede staan.

Die een kleed swaai om en 'n skedel met lang geelbruin slagtande se oogkas openinge is op Arnikin gerig.

Die ander kleed sweef met wind geluide om.

Daar is 'n verergde gluur in die oë van Arnikin gerig op dié kleed. "Waarom, Tallottara? Waarom hom dood? Zyranton was spesiaal," verwyt Arnikin berouvol.

"Ek het jou gewaarsku, Arnikin," sê die Tallottara-gees.

Arnikin haal diep asem. "Ek wil nie meer aan die Donkermag verbonde wees nie."

Die leë kappie knik. "So gedink, dan stuur jy Zyranton na sy dood ... 'n vernietigende einde."

Arnikin frons verward. "Jy hét hom dan gedood."

Die kappie beweeg links na regs. "Néé, nog nie."

Die punt van die kleedmou gaan die kleed binne en wanneer die mou weer voor Arnikin is, sweef 'n buisie gevul met bloed aan die punt van die mou.

"Zyranton in gees lééf, voel self, die bloed is warm."

Arnikin vat om die buisie en die buisie het 'n hittegloed. Maar dit is asof die buisie in die lug

118

vasgemessel is, so stewig het die geesteshand van die Tallottara-gees die buisie.

'n Sagte stem is uit die skedel van Lawakoningin Yeva. "Dit is dié item waarvan ek in die begin gepraat het om Lazinnerin te manipuleer. Maar dit het onder my en Tallottara se aandag gekom dat die item juis vir jou gaan manipuleer. Jy sal doen wat van jou verwag word, of so nie ons sal Zyranton uitwis. En ek beloof aan jou, jy sal jou eie getuie wees om 'n geestes verwerping te aanskou. Ek of Tallottara kan hom weer na vlees bring wanneer die tyd daarvoor reg is. Dieselfde Zyranton vir wie jy liefgekry het."

Wanneer 'n diep brullende vermakerige lag van die skedel van Lawakoningin Yeva afkomstig is, sweef die buisie bloed aan die punt van die kleedmou van die Tallottara-gees tot waar dit binne die kleed verdwyn.

Die Tallottara-gees se kleed sweef tot byna teenaan Arnikin sodat hy retireer.

"Soos Lawakoningin Yeva aan jou gesê het, jy sal doen soos van jou verwag word. Hier is ons volgende opdrag wat jy sál uitvoer ..."

Arnikin staar met koue haatdraende oë na die Tallottara-gees se leë kappie opening ...

EPISODE 3

SINT-PRINS VAN DIE SINT
PLANEET ATLANTIAS

1

Planeet Raggamajos
In die mag-kasteel

Die hologrambeeld is driedimensioneel met duidelike klanke en dupliseer die atmosfeer wat alle sintuie insluit. Dit is asof die driedimensionele hologrambeeld die man wat voor die hologramprojektor staan, laat deel vorm wat die beeld wys, so asof die man self betrokke is.

'n Son verlig 'n planeet ver vanuit die swart met sterre.

'n Grys maan is in sy wentelbaan om die planeet.

Die planeet kom helderwit voor met groen en blou skakerings, maar soos die planeet roteer skitter goue strale tussen groen landskappe uit. Dit is goud ... soliede goud.

'n Blinkgepoleerde goue sterskip vaar nader aan die oppervlak van planeet Atlantias.

Die sterskip vaar nou laag en heldergroen bome wys parke uit. In die middel van elke park staan piramides van massiewe blokke van goud. Elke massiewe goudblok weeg 23 ton en het hiërogliewe daarop gegraveer.

Elke piramide is 300 meter hoog en 150 meter in omtrek. Die piramides is spieëlblank gepoleer sodat dit die planeet as rein laat voorkom, wat wel die geval is.

Voor sekere piramides is plat vierkantige tempels met pilare en standbeelde.

Lugtuie om die piramides en die wat verder wegvaar is almal van goud en het ook hiërogliewe oor die soliede goue panele.

Onder aan die voet van elke piramide is figure, mens-spesie figure. Die Atlantiaans. Of andersins bekend as sinte. Eerste wat raakgesien word, is hoe netjies en skoon almal is. Lendedoeke met goud skywe daaraan geheg is om die heupe en om die nekke is goue nekskywe. Elke nekskyf het verskillende gekleurde hiërogliewe daaroor. Daar word ook duursame klede gedra.

Daar word in verskillende rigtings geloop. Volwassenes, kinders asook gesinne en almal is sinte, heilig. Hulle leef vir vrede omdat hulle glo die heelalle en alles daarmee saam vorm deel van die heelal waarin planeet Atlantias is. Hulle gesindheid is om baie te lag en feesvieringe te hou soos die hologrambeeld dit nou demonstreer. Daar word op instrumente musiek gemaak en gedans.

Die Atlantias-bewoners, of die Atlantiaans soos hulle bekendstaan, beskerm ook hul planeet en daar sal dus vegters gevind word. Hulle veg met geen wapens, maar met hiper sterk breinkrag en met psigokenetiese magte.

Die Atlantiaans sal dood om geliefdes te beskerm.

Hulle is hiper beskaaf, ontwikkeld en gevorderd.

Hul sterskepe wat heeltemal uit goud bestaan, word met 100% breinkrag en telekinetiese krag aangedryf. Hulle het sterrekaarte in 'n vierkantige glas. Al wat gedoen word, is om voor die glas te staan en met sterk breinkrag word sterrestelsels en planete binne die vierkantige glas gebeeld. Deurdat sterskepe met breinkrag as energie aangedryf word, kan die spoed deur breinkrag bepaal word, al is die spoed ligspoed of selfs hiper ligspoed. Sou daar besluit word dat daar net in 'n sekere tyd na 'n planeet gester moet word, gebeur dit ook so, al is die planeet nou waar in ligjare of galaksie geleë.

100% Breinkrag word ook as 'n baie belangrike wapen ingespan. Sou 'n sterskip van planeet Atlantias in 'n geveg betrokke raak, word daar met breinkrag geveg. So kan 'n vyandige sterskip in stukke geskeur word, al beskik die vyandige skip oor allerlei wapens.

2

Die driedimensionele beelde verdwyn voor 'n man geklee in 'n swart jas met 'n plat mus op die kop. Grys hare krul onder die plat mus uit. Die bruin oë van Magkryger-meester Baladi rus op die deursigtige gees liggaam met 'n deursigte kleed.

"Indrukwekkend, om die minste daarvan te sê, mag-Rommozor, maar waarom aan my hierdie hologram-inligting verskaf hier op planeet Raggamajos?"

"Uit desperaatheid, Magkryger-meester Baladi."

Magkryger-meester Baladi frons. "Ek verstaan nie."

"My versoek aan jou is om na planeet Atlantias te gaan en om te onderhandel vir 'n maagd om geboorte te skenk aan 'n seun ... 'n sint. Die seun sal as die sint-prins bekend wees. Dit is om balans terug te bring in die heelal, om sodoende teenstand te bied vir euwels, soos die Donkermag. Daar sal drie jong Magkrygers saam met jou gestuur word. Wanneer die sint-prins gebore is, sal jul al vier met die sint-prins ster na planeet Lunazor, in sonnestelsel Karion. Daar sal die prins opgroei tot 'n volwasse man."

Magkryger-meester Baladi skud sy kop.

"Daar moet ander alternatiewe planne wees teen euwels en die Donkermag! Dit gaan te lank duur voordat die sint-prins balans kan herstel."

Die geestes oë het 'n uitdagende gluur op Magkryger-meester Baladi.

"Jy soek blitsvinnige resultate? Die euwels en die Donkermag moet met die klap van vingers uitgewis word, ek het nuus vir jou. Solank nuwe planete gevorm word, vermeerder euwels. Dit is alleenlik by hoë uitsonderings, soos met planeet Atlantias, dat die Atlantiaans alle, en ek bedoel alle euwels, kon uitwis. 'n Volbloed sint, wat in vlees en later in gees as 'n mag in die magte sal funksioneer, kan 'n sterk fondament skep waarna ons almal streef ... Vrede."

Magkryger-meester Baladi gluur mag-Rommozor.

"Maar daar is alreeds drie jong Magkrygers wat as sinte kwalifiseer, Caydor, Roald en Serilda. Ek dink die fondament waarna u verwys is alreeds gelê. Die raad van Magkrygers wou nooit aan my die oorsprong verskaf het van waar die drie sinte se eons oue voorsate afkomstig is nie. Wel, hul het nou ... planeet Atlantias."

"Waarom, Magkryger-meester Baladi, wil jy al die geheime van die heelal weet? Wanneer die tyd daarvoor reg is, sal die heelal aan jou hul geheime openbaar soos die geheim van die sinte. Neem nou vir Caydor, Roald en Serilda en gaan na planeet Atlantias."

Mag-Rommozor verdwyn.

Magkryger-meester Baladi kyk vraend op wanneer 'n swart kleed voor hom verskyn.

Hy het 'n diep plooi tussen die oë soos hy na die kleed staar. Die kleed se openinge is leeg, dus is die kleeddraer 'n gees. Telepaties word van die kleed gekommunikeer.

Na 'n ruk knik Magkryger-meester Baladi sy kop om sy antwoord en besluit te bekragtig.

Die kleed verdwyn.

Magkryger-meester Baladi stap die vertrek uit.

3

Binne 'n kamer staar Magkryger-meester Baladi voor hom uit. Dit is asof hy in diep hipnose verkeer.

Voetstappe klink van die gang af op en loop na die kamer. Wanneer daar aan die deur gehamer word, is dit asof Magkryger-meester Baladi terug in die hede is.

Die kamerdeur swaai oop. 'n Lang grys haarbedekte liggaam stap die kamer binne ... 'n

Barakka. Die Barakka buig voor Magkryger-meester Baladi en kom weer regop.

"U het my deur telepatie laat roep. Ek is tot u diens, Magkryger-meester Baladi."

Magkryger-meester Baladi glimlag. "Dankie, Quies. Gaan vind die Ratattel-reus Tarasho en laat hom vir Serilda en Caydor, en jy vir Roald, hier na die mag-kasteel bring."

Quies buig weer vlugtig. "Ek sal aan u versoek voldoen." Quies stap die kamer uit.

Magkryger-meester Baladi dink baie diep. 'n Diep plooi vorm tussen sy oë.

Hy stap die kamer uit.

Die humiditeit is hoog in die woud met die digte laag hangende wolke.

Die hut tussen breëstam bome is massief groot.

Lang swart harige enkels met groot voete binne sandale, staan voor 'n boom. Voor die 4 meter lange Ratattel-reus hang 'n karkas wat klein voor die reus se liggaam voorkom. Met 'n massiewe mes, sny die reus repe vleis uit die karkas.

"Hoggaror," word sag geroep.

Die reus kyk met 'n diep frons oor sy bruin snor en baardbegroeide gesig om.

Hy kyk weer voor hom en Hoggaror Bartok wonder of hy hom nie verbeel het nie.

"Ek het jou nodig," sê die stem weer.

Dit is wanneer Hoggaror afkyk dat sy groot bruin oë verbaas rek.

Magkryger-meester Baladi het 'n sagte tog vreeslose kyk in sy oë terwyl hy na Hoggaror staar.

Hoggaror raak weer besig met die karkas voor hom.

"Waarom my verantwoordelik hou vir die dood van Zyranton, as ek geen beheer daaroor gehad het nie? Intussen het ek jou nodig, want daar kan mense seerkry oor wie ek beheer het."

Die mes staak in die hand van Hoggaror om vleis in repe uit die karkas te sny. Hy kyk om en af na Magkryger-meester Baladi.

Magkryger-meester Baladi loop nader aan Hoggaror. "Nog baie tragedies gaan hul afspeel, Hoggaror ... baie. Jy is deel van die krygers-mag. En die krygers-mag is daar om tragedies wat gaan gebeur te tem. Ek het jou nodig om jouself voor te berei op 'n tragedie wat op hande is."

Hoggaror knik. "Ek is tot u diens, Magkryger-meester Baladi."

Magkryger-meester Baladi glimlag verlig.

'n Harde dreuning weergalm vanaf 'n berg.

Meteens spuit helderrooi lawa die vulkaniese berg uit. Die helderrooi lawa vorm 'n boog na bo en die stroom lawa val na benede teen die walle van die berg neer. Die lawa stroom teen die berg af.

Bruingrys rook wat gepaard gaan met stoom hang dik en swaar oor die vloeiende helderrooi gloeiende lawa heen.

Ver heen van die berg op 'n top van 'n heuwel staan 'n seun van ongeveer elf en is kaalvoet. Hy is klein gebou met bruin hare. 'n Vuil streep is oor sy wang. Sy bruin oë is gefokus op die berg waaruit die lawa stroom.

Sy wit hemp is vuil met 'n skeur of twee. Sy kortbroek het 'n winkelhaak in die eenkant.

"Roald! Roald!" roep 'n harde byna brullende stem.

Roald kyk om wanneer hy harde hoewe hoor.

Die massiewe grys agt-been dier, vier bene voor en vier bene agter met hare oor die hoewe gaan stilstaan by die seun. Roald se oë gaan op na die ruiter op die dier.

Die dier maak diep gromgeluide gevolg deur 'n hoë runnikgeluid. Op die dier se rug sit die lang grys haarbedekte Barakka, Quies. In sy hande is 'n leisel.

"Magkryger-meester Baladi het my gestuur. Jy, Serilda en Caydor word benodig vir 'n daad."

Roald kyk af van die heuwel waarop hy staan en kyk na die hut wat ongeveer 500 meter weg geleë is. Voor die hut staan 'n vrou en wasgoed ophang.

"Weet my moeder jy kom my haal?"

"Die mag-geeste sal haar ingelig soos met jou vorige dade, Roald. So los jou nukke ons moet by Magkryger-meester Baladi uitkom. Jy weet mos dat Magkryger-meester Baladi moeilik raak as hy moet wag."

Roald se groot bruin oë rek.

"Ek wil eers my moeder gaan groet," sê Roald uitdagend en 'n vermakerige glimlag vorm oor sy lippe.

Quies sug. "Jy moet jou litte roer!"

Roald sug sarkasties terug. "Sal sien hoe los my litte is."

Hy sweef op, gaan met sy liggaam horisontaal lê en sweef na die vrou wat voor die hut staan.

Sweef is uniek aan planeet Raggamajos, maar nie almal kan sweef nie, soos Barakkas en Ratattel-reuse.

Eers heers 'n wind geluid en Roald verskyn voor sy moeder. Hy gaan met sy kaal voete voor haar land.

"Mamma, Quies het my kom haal. Magkryger-meester Baladi benodig my," sê Roald.

Rinza knik met haar kop en vee haar hande teen haar donkerblou voorskoot af. Haar oë rus op Roald s'n. Dan gaan haar oë na sy klere.

"Trek net vir jou skoon klere en skoene aan. Jy kan nie so na meester Baladi gaan nie."

"Dit is my gunsteling klere dié. Ek gaan nét so. By die mag-kasteel is daar van my klere."

"Roald ..."

"Mamma, ek moet gaan."

"Moet nie laat ek in jou pad staan en die raad op jou wag nie, Roald, gaan nou. Mag die heelal jou beskerm."

Roald hou sy hande voor hom uit. "Die heelal beskerm jou."

Hy sweef op en sweef-verdwyn na Quies.

Die agt-been dier gallop vinnig deur die digte woud. Kraak geluide is van takke afkomstig waar die dier deurbreek. Op die dier se rug sit Quies, met Roald wat voor hom sit.

Hulle word nat van 'n ligte reën wat plek-plek in die woude voorkom. Heldergeel blitse verlig nou en dan die woud om hulle.

Quies se kop word in rigtings geswaai soos hy onrustig kyk.

"Ons sal moet by 'n grot uitkom. Wanneer die weer so is met geel blitse kan ons die ergste verwag ... Drake."

Roald se stem klink op. "Ek weet van 'n grot! Ek sal die Partos daarheen lei!"

Harde knallende donderslae klink op met heldergeel blitse.

Roald hou sy hand met sy vingers oop verspreid voor hom uit en die agt-been dier hardloop in die rigting wat Roald sy hand hou, sonder dat die Partos Roald se hand sien.

Vlamme verlig die grot in 'n donkeroranje gloed.

Buite die grot is heldergeel blitse wat nou en dan die gesigte van Roald en Quies verlig.

Dieper binne die grot staan die Partos

Roald hou sy hande vir die soveelste keer na die vuur toe uit. Vlamme vlam na sy hande en vlam teen sy handpalms vas. Roald rig sy handpalms na die opening van die grot. Die vlamme vlam in 'n streep vanaf sy handpalms die opening uit. Soos voorheen geniet Roald die speletjie.

Nadat Quies skuins gesit het om die vlamme te vermy, gluur hy Roald aan.

Roald hou weer sy hande na die vuur, maar Quies klap met sy groot haarbedekte hand teen Roald se hande.

"As jy so aangaan met vuur speel gaan jy probleme kry, soos wanneer my pels gaan vlamvat!"

Roald kyk stip na Quies nadat hy glimlaggend na Quies se pels gekyk het.

Quies gooi takkies binne die vuur se lekkende vlamme en 'n harder knetter-kraak klink op.

Hy kyk na Roald. "Ek hoop Serilda en Caydor is alreeds by Magkryger-meester Baladi," sê Quies.

Roald word opgewonde. "Hulle is my beste vriende én die beste sinte wat ek ken."

"Mmmm ..." antwoord Quies.

Roald frons vraend. "Maar Quies, hoekom ons drie?"

"Ek sal so antwoord ..." Quies wil verder praat, maar 'n geluid by die grot se bek laat die Barakka opspring.

Twee kleinerige figure hardloop en storm die grot binne.

Iewers uit die gryshaar pels van Quies, trek hy twee groot swaarde uit skedes aan weerskante van sy lyf. Hy hou die lemme voor hom gerig. Wanneer Quies die twee figure as kinders uitmaak, swaai hy die swaarde met hul lemme om en steek die swaarde die skedes binne.

Hy sien dat die kinders verskrik is. Hy loop na hulle.

Roald se oë rek wanneer hy die kinders herken.

"Serilda ... Caydor! Wat maak julle hier in ons geheime grot?"

Bloedmerke is oor die gesig van Serilda terwyl sy hyg na asem. Haar ligbruin hare hang nat om haar kop. Haar verskrikte groen oë is op Roald gerig.

"Dit is nie meer 'n geheime grot met Quies hier nie, is dit Roald?"

Quies kyk by die grot se bek uit met 'n glimlag. "Waar is Tarasho?" vra hy.

Serilda vee met haar vinger onder haar neus. "Verkool," en snuif.

Quies knik. "Drake jul voorgestaan?"

Die blondekopseun met blou oë swaai verergd sy arms. "Ek het aan Tarasho gesê, geel blitse en lawa-reën lok drake. Maar hoor wou hy nie! Twee Rooi-rug drake het voor ons kom land ... woedend en besete. Ek het dadelik van die Partos afgesweef en vir Serilda saam gegryp, want ek het geweet, Rooi-rug drake word nooit maklik gedood nie. Maar Tarasho wou teen die drake met sy swaarde veg, maar breë vlamme was oor Tarasho vir 'n lank ruk gewees. Nadat die drake opgehou vuurspu het, het net beendere van Tarasho op die grond geval."

Aan die lyftaal van Caydor kan afgelei word, dat hy nie veel van Tarasho gedink het nie.

"Wat van die Partos, ook verkool?" vra Quies.

"Die Partos was van die begin af slimmer as Tarasho, want nadat ek met Serilda van die Partos se rug af gesweef het, het die Partos vir Tarasho afgegooi en gemaak dat dit wegkom! Maar weens die swael in die lug was daar vlamme terwyl die Partos van skrik gepoep het, en dit het die Partos net meer skrik op die lyf gejaag."

Caydor glimlag wanneer hy na Roald kyk wat laggende by die vuur gaan sit het.

"Gaan dit goed met jou mamma?" vra Caydor.

Roald glimlag. "Ja, die heelal sal haar beskerm."

Caydor gaan langs Roald by die vuur sit.

Hy kyk stip na Quies wanneer dié met Serilda langs hom ook by die vuur gaan sit.

"Tarasho het aan my gesê, jy sal weet hoekom ons drie gekies is, maar hy wou niks verder aan my genoem het nie," sê Caydor.

Quies knik met sy kop. "Slim van hom."

Serilda hou haar kop skuins. "Hoekom slim van hom?"

Quies kyk elkeen deur voordat hy Serilda antwoord: "Kyk, Magkryger-meester Baladi het net aan my die opdrag gegee om vir Roald te gaan haal. Ek moes aan Tarasho opdrag gee om vir julle twee te gaan haal en so is dit. Nou is jul al drie hier."

'n Streep van vlamme laat Quies wild koes sodat hy byna op sy rug val. Hy kyk met woede oë na Roald wat sy hande laat sak.

"Hou op om met vlamme te speel!"

Caydor kyk met 'n versteekte glimlag by die grot se opening uit waar die vlamme uit is.

Daar is nie meer heldergeel blitse wat blits nie.

"Sal ons aangaan, Quies? As jy nou na die kasteel wil gaan, moet ons nou dadelik gaan. Hierdie weer is onvoorspelbaar," sê Caydor.

Quies knik met sy kop. "So ook Roald ... Kom julle."

4

Die liggrys kasteel staan uit teen die blou-grys onweerswolke. Geel beligting skyn deur die vensters.

Voor die kasteel vlieg swerm voëls verby.

Deur die kasteel se gange loop 'n lang grys haarbedekte liggaam Barakka met drie kinders wat hom volg. Hulle gaan voor 'n soliede houtdeur staan. Die deur gaan met 'n kraakgeluid oop en hulle stap die kamer binne.

'n Man in 'n swart jas met 'n plat mus op sy kop, draai voor die venster om.

"Ek weet van die tragedie met Tarasho," sê Magkryger-meester Baladi.

Hy loop tot voor Quies.

"Dankie dat jy die jong Magkrygers vir my gebring het. Jy sal verdere opdragte van my ontvang."

Quies buig voor Magkryger-meester Baladi en stap die kamer uit sonder om 'n woord te sê.

Magkryger-meester Baladi kyk na onder na die drie sint-kinders.

'n Glimlag speel oor sy lippe. Kinders ... Hulle lyk weerloos, onhandig en klein. Maar inderwaarheid is hulle krygers ...Magkrygers. Net soos met Magkryger-meester Baladi, is hulle nie aan 'n ouderdom verbonde nie en sal 'n kinder-voorkoms hê so lank as wat hulle wens dit so wil hê.

Weens dat hul sinte is, verkies hulle hul liggame die van 'n kind, weens die onskuld van 'n kind.

Hulle kan ook hul breine 100% inspan en die atome manipuleer om die liggaam se voorkoms tot in enige vorm te laat verander.

"Nou goed, voordat ek aan julle 'n daad gaan oplê, soos destyds met die beskerming van baba-Lazinnerin op die tropiese maan, van die tropiese planeet Bukurah, moet ek oortuig wees dat julle die regte kandidate is. 'n Klein toets dus."

Meteens gluur Magkryger-meester na Baladi. Blitsvinnig verander Magkryger-meester Baladi sy voorkoms om die atome te manipuleer. In 'n oogwink staan 'n witgrys wolf-monster voor die drie kinders.

Serilda, in die middel van Caydor en Roald, kyk weerskante van haar na die twee seuns.

Al drie het uitdagende glimlagte.

Die wolf-monster wat op die breë agterbene staan, maak vreesaanjaende grom-brullende geluide.

Breë harige arms met breë hande en breë vet swart vingers gryp na Serilda.

Soos in 'n oogwink, sweef Roald en skop met sy kaalvoete reg in die maagholte van die wolf-monster in. Met die kragtige skop, vou die monster vooroor en gryp na Roald. Die breë swart skerp naels dring die arms van Roald binne en bloed borrel die wonde uit.

'n Swaar soliede houttafel tref die monster en met die fors waarmee die tafel die monster tref, word die monster saam met die tafel tot teenaan die muur geslinger. Harde klanke klink op.

Serilda kyk hoe Caydor met sy hand voor hom staan, gerig op die tafel en die monster.

Sy weet dat dit alles die sterk breinkrag van Caydor was.

Serilda en Caydor kyk na Roald wat kreunende met sy bebloede voorarms teen sy bors gedruk staan.

Die wolf-monster gooi die tafel van hom af en kom brullende regop.

Serilda kyk stip en glurend na die monster. Sonder om haar oë van die monster te neem, praat sy: "Caydor, help jy vir Roald."

Die wolf-monster se sig is op die kreunende Roald, met Caydor wat agter Roald kom staan het. Die wolf-monster maak gereed om die twee seuns te bestorm.

Serilda hou haar arms voor haar gerig en blitsvinnig gly twee swaarde van onder haar rok uit. Die twee swewende swaarde se lemme is op die massiewe lyf van die wolf-monster gerig.

"Genoeg is genoeg, Magkryger-meester Baladi ..." maan Serilda.

Maar dit is asof die wolf-monster waansinnig word en storm die twee seuns.

Met een pluk, ruk Caydor vir Roald voor die wolf-monster weg.

Kap geluide klink op, en wanneer Caydor na Serilda kyk, sweef die swaarde nie meer voor haar nie.

Caydor kyk na die wolf-monster. Net die blinkgepoleerde kruis-hewwe van die swaarde is sigbaar deur die wolf-monster se langhaar pels wat bloedbevlek is. Maar die wolf-monster bestorm nou vir Serilda. Sy bring haar arms na bo en swaai haar arms na 'n muur. Met haar sterk breinkrag word die monster opgelig, sweef gegooi en tref die muur met sy rug, sodat 'n vibrasie deur die kasteel dreun.

Die wolf-monster val slap bo-op die vloer neer. Stilte heers met spanning aan die opbou.

Die wolf-monster verander nie terug in Magkryger-meester Baladi nie.

Caydor het 'n vraend tog besorgde blik. Hy loop na die wolf-monster.

Serilda staan wydsbeen en haar blik is nog op die monster.

"Serilda, hy verander nie terug nie," sê Caydor en is besorgd.

Hy vat en voel aan die wolf-monster.

Meteens gryp vier breë swart naels vir Caydor aan die keel. Bloed stroom-vloei die nael-gleuwe uit en verkleur sy hemp in rooi. Hy hurk met roggelgeluide en hoes.

'n Silwer streep is tussen die Caydor en die wolf-monster se arms deur.

Dit is wanneer Caydor na die wolf-monster se ken kyk, dat hy sien hoe die dolk die keel binnedring. Die wolf-monster brul en kreun hees en die wolf-monster word slap.

Al drie kinders se oë is op die wolf-monster.

Vinniger as 'n oogknip verander die wolf-monster gedaante in Magkryger-meester Baladi homself.

Hy kom orent en hou die twee swaarde en dolk uit na Serilda.

Die lemme is bebloed, maar daar is geen wonde aan Magkryger-meester Baladi se liggaam nie.

Caydor vryf oor sy keel wat bebloed is, maar daar is ook geen teken van wonde nie.

Roald se voorarms is ook sonder wonde, maar is bebloed.

Magkryger-meester Baladi sug voordat hy begin praat. "Dankbaar dat wonde nie permanent is wanneer monster of gedierte nie werklik is nie. Maar sou dit wees, was julle twee seuntjies opgevreet gewees. Ek sal wanneer die tyd toelaat, julle twee in situasies plaas sodat julle jul instinkte en sintuie kan oefen, maar nou, vertrek ons na planeet Atlantias."

"Die sint-planeet?" vra Serilda.

Magkryger-meester Baladi het 'n kwaai ergerlike voorkoms. "Dit dring tot my deur, dat julle te min dade opgelê word, want tot jul geheue is teleurstellend én dit oor planete!"

Serilda stap uitdagend tot voor Magkryger-meester Baladi. "Daar is twee planete met soortgelyke naam ... Atlantias en Atlantia. Dit sal op 'n ramp afstuur sou die planete verwar word! Ek maak eerder seker van 'n daad as wat ek verskonings of verduidelikings moet aanbied. En dit bring my by u, Magkryger-meester Baladi. Waarom planeet Atlantias? Dit is 'n rein planeet."

Magkryger-meester Baladi sien hoe die drie hom aankyk. "Alle moontlikhede moet oorweeg word om die Donkermag te stuit."

Caydor stap nader. "Planeet Atlantias sal nie deug nie. Al beskik planeet Atlantias oor die beste breinkragvegters in die heelal. Ek dink u verwar planeet Atlantias met planeet Atlantia ... Laasgenoemde sal deug vir wat u die planeet wil aanwend. Planeet Atlantia vervaardig die beste vloeilemwapens in die heelal, verwys na die vloeilemsabel."

"My liewe klein sint, daar moet na die groter beeld gekyk word. Ek verwar nie die planete nie, nog minder die raad van mag-geeste. Jul voorsate is van planeet Atlantias. Op planeet Atlantias word 'n baba met 'n sterk, rein gees gebore. Daar is geen euwels op planeet Atlantias nie, so die gees kan nie bedreig word nie. Dus om 'n rein heerskappy tot stand te bring, wat 'n voordeel sal wees vir alle planete in die heelalle, moet dit met 'n sint begin. Die raad van mag-geeste het alreeds onderhandel vir 'n seun, 'n babaseun. Ons taak is, om die babaseun na 'n spesifieke planeet te neem, vanwaar die sint-prins sal opgroei tot 'n sterk gees-leier. So sal daar balans gehandhaaf word in die magte goed sowel as boos."

Caydor skud sy kop. "Hierdie stap deur die raad van mag-geeste gaan net meer geweld ophande bring. Die Tallottara-gees en Lawa-koningin Yeva gaan nie rus tot kom dat hierdie sogenaamde sint-prins uitgewis is nie, én dit alles kan lei tot 'n heelal-oorlog."

Magkryger-meester Baladi kyk uit die hoogte na Caydor. "Daarvoor sal planeet Atlantia aangewend word vir die beste vloeilemsabels, maar tot dan, gaan na my kruiser waar ek vir julle sal wag."

Magkryger-meester kyk eers na Roald en dan na Caydor en Serilda. "Ek sal verkies dat jul al drie geklee moet wees in aanvaarbare kleredrag met stewels."

Al drie buig voor Magkryger-meester Baladi en stap die kamer uit.

Die kruiser versnel teen 'n duiselingwekkende snelheid voort.

Op die brug is robot-loodse wat die kruiser loods. 'n Rekenaarstem word van een van die robot-loodse gehoor.

"Hiper maal hiper ligspoed binne vyf ... vier ... drie ... twee ... en ... hiper maal hiper ligspoed. Bestemming: planeet Atlantias."

Dit wil voorkom asof die kruiser in 'n tonnel vlieg met sterre wat wil voorkom asof dit in blou en oranje blertse vorm.

Die een robot draai na dié robot wat die inligting verskaf het. "Luitenant, gaan na die eet-kajuit en sorg vir versnaperings vir die passasiers."

"So, ontvang, Kaptein."

Die robot loop die brug uit.

Aantal hiper maal hiper ligspoed

later

Om 'n klein ronde tafel sit drie jong kinders, twee seuns en 'n dogter.

Caydor, Serilda en Roald is geklee in uniforms met stewels aan.

In die middel van die tafel hang 'n hologrambeeld bo 'n hologramprojektor.

Roald se oë is gekonsentreerd en gefokus op die beeld. Hy druk met sy wysvinger binne die driedimensionele beeld op 'n tekenprent.

"Bars ... jy is uit!" roep 'n rekenaarstem.

"Dêm ... ek het nog nooit so vrot gevaar met hierdie speletjie nie," sê Roald ongelukkig.

Serilda en Caydor lag spottend.

Roald kyk ongelukkig na hulle. "Dit is omdat ek nie gewoond tussen die sterre is nie."

'n Ouman se stem laat al drie in dieselfde rigting kyk. Magkryger-meester Baladi stap nader aan die kinders om die tafel.

"Soos ek sê Roald, jou liggaam was te lank gewoond aan planeet Raggamajos."

Caydor knik met sy kop. "Dit is asof 'n liggaam nie kan aanpas sonder om op 'n planeet te wees nie. Funksieloosheid van die sintuie en bewussyn treë na vore. Daar kan onbewustelik dade uitgerig word, of die liggaam kom bewusteloos voor."

Serilda het nou 'n kwaai gluur op Roald. "So 'n voorbeeld van onbewustelik dade uitrig is, Roald wat my broskoekie gegaps het! Moet nie so onskuldig probeer lyk nie, Roald, daar is nog krummels aan jou mondhoeke!"

Magkryger-meester Baladi bars uit van die lag.

Planeet Atlantias

Die parke bestaan uit donkergroen grasperke wat deur 300 meter hoë piramides omring word. Dit wil voorkom asof die piramides gereeld gepoleer word so spieëlblank is hulle.

Lugtuie en sterskepe vaar na bestemmings in verskillende rigtings.

Van die piramides se goue strale deur die son, weerkaats teen die goue panele van die tuie en sterskepe.

'n Vaalgrys kruiser vanuit die helderblou hemel sak nader aan die parke met die piramides.

Op die brug by die loods-robotte, staan Magkryger-meester Baladi, Caydor, Serilda en Roald en bewonder die uitsig vanuit die brug se vensters.

Roald kyk na Magkryger-meester Baladi.

"Meester, u het aan ons gesê ons voorsate is eons terug van planeet Atlantias. Waarom sou hulle dié prag planeet wou verruil vir planeet Raggamajos? Of enige ander planeet?"

Magkryger-meester Baladi het 'n skewe glimlag. "Hoekom is jy 'n sint én 'n kryger?"

Roald frons. "Ek is van my geboorte af 'n sint. En ek was in kontak met die magte en het 'n Magkryger geword."

"Jou voorsate was daartoe geroep om planeet-verkenners te word. En volgens heelal-geskiedenis, was planeet Atlantias een van die heel eerste planete wat begin het met planeet-verkennings en het so ook heelalle ontdek. Op elke planeet waar die verkenners van planeet Atlantias was, is piramides opgerig en hulle het ook op dié spesifieke planete setlaars agtergelaat. Sou daar nie planeet-verkenners gewees het nie, sou planete nie van mekaar geweet het nie. Die heelal sou wou gehad het dat planete en heelalle onwetend van mekaar moes wees, sou sterre reise en verkennings nie plaasgevind het nie. En jy sou op planeet Atlantias groot geword het."

Die kaptein-robot kyk met sensor oë na Magkryger-meester Baladi. "Koning Sariyah se piramide is nou reg voor die kruiser. Ek maak kontak."

"Dit is kruiser sewe-nul-ses ..."

Terwyl die kaptein-robot praat, laat Magkryger-meester Baladi sy gesig daal en staar na die vloer.

Serilda kyk met sagte oë na Magkryger-meester Baladi. "Magkryger-meester, hoekom is u so in stryd met vrae?"

Magkryger-meester Baladi ruk sy kop op en kyk verwilderd na Serilda. Sy oë trek kwaai. "Jy durf nie my gedagtes binnegaan nie. Ons ontmoet binnekort, sint-koning Sariyah, gaan berei julle voor."

Caydor kyk met 'n vraende blik na Magkryger-meester Baladi en dan is sy oë op Roald en Serilda. "Laat ons ons gaan voorberei."

Die drie kinders stap na die skuifdeure van die brug.

Nadat Magkryger-meester Baladi hulle agterna gekyk het, draai hy om en stap ook na die deure.

5

Binne 'n tempel

Sarijah, die sint-koning, het 'n skraal gesig. Swart hare is netjies versorg. 'n Goue krans is om sy kop.

Sy groot blou oë het maskara aan die oogwimpers. Donker getinte kleuring is op ooglede aangebring. Ovaal swart tekeninge is aan die buitehoek van beide oë geteken.

Om sy nek is 'n nekskyf van soliede goud met gekleurde hiërogliewe daaroor.

Hy sit in 'n massiewe troon van soliede goud met majestueuse beelde wat deel vorm van die voorpote en die armleunings. Hiërogliewe is regoor die troon se goud. Robynrooi fluweelkussings en materiaal rond die troon af.

Die sint-koning sit sy vingers teenmekaar en dit word in die posisie gehou.

Hy kyk na vier figure voor hom. Dié is, Magkryger-meester Baladi, die sinte en Magkrygers Caydor, Serilda en Roald.

"Ek verstaan jou versoek, Magkryger-meester Baladi. Ek is bevrees so 'n besluit kan 'n heelal-oorlog tot gevolg hê. Die Donkermag sal dan ook vir planeet Atlantias vernietig wil sien om alle sinte te dood."

Magkryger-meester Baladi knik. "Een van die jong Magkrygers, Caydor, het ook tot dieselfde gevolgtrekking gekom. Maar sou die Donkermag so sterk word om planete te vernietig, het ons die stryd

144

teen die Donkermag verloor. Dus sal die raad van Magkrygers die Donkermag stuit met alles in hul vermoëns."

"Die oplossing ... 'n sint-prins dus?" vra die sint-koning.

"Ja, U Majesteit. Die sint-prins sal na die hoofstad-planeet Lunazor in sonnestelsel Karion geneem word, waar hy sal groot word. Hy sal 'n groot invloed hê op die verenigde planeet konfederasie. So sal planeet revolusie in bedwang gehou word en konflikte in vrede opgelos word."

Die koning slaan sy hande op die armleunings. "Wat 'n naïewe vooruitsigte! Ga! Meer naïef as om te dink dat die Donkermag hom in bedwang gaan hou en dit deur 'n sint!"

"Uself is 'n sint ... U Hoogheid. U sal self weet dat euwels voor die mag van vrede die knie sal buig."

"Nie voordat euwels soveel skade aangerig het, dat vrede in vlamme opgaan en vernietig is nie, Magkryger-meester Baladi! Planete het gevorm én is deur hul eie son vernietig én geeneen van daardie planete was sonder die vlekke van euwels nie. Ék sal 'n maagd voorsien, Magkryger-meester Baladi. Sy sal deur 'n rein sint, naamlik ék bevrug word. Julle sal op planeet Atlantias wees totdat die sint die son uit die tempel sien opkom."

Magkryger-meester Baladi buig, asook Caydor, Serilda en Roald en stap voor die troon weg.

Die lang vrou met lang donkerswart hare en ligblou oë loop tot voor die massiewe goue troon.

Sy kyk eers af na die vloer voordat sy opkyk na die troon en die sint-koning binne die troon sien sit.

"Ek is Isis, dogter van Faizah. U het deur my moeder 'n daad aan my toevertrou, die baar van 'n sint. Ek is voor u en is gereed om met my daad toevertrou te word."

Sariyah die sint-koning knik.

Hy klap drie keer met sy hande en twee slavinne met blou fluweeldoeke oor die arms kom aangeloop. In hul hande is goue bakke met hiërogliewe reg om die bakke uitgebeeld.

Hulle gaan voor Isis op een knie hurk en hou die bakke bo hul kop.

Isis kyk na die bakke. Daar is vloeistof in elke bak. 'n Soet, rein reuk heers.

Sy neem 'n bak en drink van die deursigte mengsel. Dit smaak soet.

Sy sit die bak op die hande terug en neem die ander bak en drink. Dié deursigte mengsel het 'n aangename smaak. Sy plaas die bak terug op die hande neer.

Die koning klap weer drie keer met die hande en in 'n gehurkte posisie, loop die slavinne agteruit en so weg van Isis.

Wanneer Isis voor haar kyk, is die liggaam en kop van sint-koning Sariyah voor haar. Hy neem haar hand en lei haar 'n rigting in ...

6

Planeet Raggamajos

'n Vulkaniese berg gee uitbarsting aan sy woede wat omring word deur die swart nag en laaghangende grys wolke. Die helderrooi gloed van die boog spuitende lawa verkleur die wolke en die omgewing in rooioranje. Die boog lawa val en versprei teen die harde gesteente lawa walle neer.

Voor 'n berggrot se bek stroom lawa in vore. Deur die rooi gloed is digte hittegolwe sigbaar.

Dieper die grot heen is 'n hologrambeeld van 'n helder persblou skynsel wat as die vorm van 'n gesig uitgemaak kan word.

Twee kappie openinge is gerig na die hologrambeeld. Die een kappie opening is leeg en swart.

Die ander kappie opening het die vorm van 'n geelbruin skedel met geelwit slagtande.

"Die maagd Isis is bevrug," kom 'n stem van die verskynsel.

Die leë swart kappie opening knik. "Laat dit dan so wees," sê die Tallottara-gees.

Uit die skedel word 'n sagte meisiestem gehoor. "Laat die sint-prins gebore word," sê die Lawakoningin Yeva, "maar jy voer jou beplande sluipmoord uit voordat julle na planeet Lunazor ster."

Die gesig buig. "U wens sal uitgevoer word."

Die hologrambeeld verdwyn.

Die afgryslike skedel se oogkas openinge is op die leë swart kappie opening van die Tallottara-gees gerig.

"Sou die sluipmoordpoging misluk, kan ons nie toelaat dat die sint-prins gaan heers oor die heelal nie."

Die Tallottara-gees se leë swart kappie opening knik.

"Daarvoor sal Balanka sorg."

"Sy kan misluk, weet jy?"

"Dan sal Drako Merzer rekenskap gee vir sy dogter sou sy misluk."

Lawakoningin Yeva knik ingenome haar skedel.

Planeet Atlantias

Verloop van seisoene waarvan Atlantias vier somer seisoene het

Die tempel is 'n paar honderd meter voor die piramide geleë. Wit marmerpilare het goud insetsels van hiërogliewe. Standbeelde is versprei tussen die pilare deur.

Mensfigure met lendedoeke om die heupe en nekskywe, loop kaalvoet oor die spieëlblank vloere.

Daar is die wat klede dra met sandale.

In 'n kamer kriewel die babaseuntjie in die hande van Serilda. 'n Soet, rein reuk is sterk teenwoordig.

Daar is 'n ongelukkige en ongemaklike blik in die blou oë van die baba. Die baba kommunikeer telepaties.

"Jy hou my vas asof ek uit jou hande gaan vlieg. Maak jou hande plat, so ja, dit is beter."

Magkryger-meester Baladi kom glimlaggend by Serilda staan.

"Ons styg die volgende sonsopkoms na planeet Lunazor. Prins Zuhayr, ek sal jou alleen by jou moeder laat los sodat julle afskeid kan neem." sê Magkryger-meester Baladi.

Prins Zuhayr het sy babablou oë stip op Magkryger-meester Baladi se oë gerig. "Ek voel aan deur jou gees jy word geteister," kommunikeer prins Zuhayr.

Serilda kyk verskrik en verbaas na Magkryger-meester Baladi. Teister word veroorsaak deur 'n vyandige mag soos die Donkermag.

Magkryger-meester Baladi skud sy kop. "Ek is maar net angstig om na planeet Lunazor te ster. Die rede vir my onrustige gevoel. Enige iets kan verkeerd gaan."

Prins Zuhayr se ogies is op skrefies. "Jou onrustigheid om na planeet Lunazor te ster is nie 'n verskoning vir die teister nie."

Meteens is die oë van Magkryger-meester Baladi kwaai. "Genoeg! My jonge heer, ek sal dit verkies as jy nie my gevoelens probeer ontleed nie. Dit kan lei tot verkeerde afleidings."

Die babagesiggie is blosend van woede. "Ek is uitverkies as 'n sint-prins. Jy sal my afleidings met gevoelens respekteer, verstaan jy my, Magkryger-meester Baladi?"

Magkryger-meester Baladi buig voor die baba. "Natuurlik, my jonge heer," sê Magkryger-meester Baladi glimlaggende.

Prins Zuhayr se oë is op Serilda. "Serilda, neem my na my mamma."

Serilda, wie se oë op Magkryger-meester Baladi was, knik met haar kop.

Wanneer sy omdraai met prins Zuhayr in haar arms en wegstap, verdwyn die glimlag oor die lippe van Magkryger-meester Baladi. Hy staar voor hom uit.

Serilda stap 'n kamer uit.

In Isis se arms lê sint-prins Zuhayr. Met haar hand vryf Isis oor die baba se sagte kop. Sy kommunikeer telepaties met die baba en die baba met haar.

"Ek is so trots op jou, Zuhayr. Jy is uitverkies vir 'n baie belangrike daad."

Die babagesiggie van prins Zuhayr het 'n kwaai uitdrukking. "My daad voer ek alreeds uit. Daar is 'n komplot."

"Maar Zuhayr, dit sal die raad van mag-geeste alreeds weet."

Prins Zuhayr skud sy koppie. "Die raad word verlei. Daar is verraad en die verraaier is ..." 'n Harde stem laat prins Zuhayr ophou kommunikeer.

Magkryger-meester Baladi kom aangestap met sy hand voor hom gehou. Met sy sterk breinkrag, word prins Zuhayr gehipnotiseer en sy ogies val slap toe.

Isis kyk Magkryger-meester Baladi kwaad aan. "My seun voer sy daad uit, waarom verhinder jy hom?"

Magkryger-meester Baladi het 'n gluur en kyk stip na Isis. Dan kyk hy verby haar en sy oë rek in vrees.

"Magkryger-meester, waarna staar u so met vrees?" vra Isis en kyk om.

Sy kyk weer na Magkryger-meester Baladi en haar oë is meteens verskrik gerek. "Baladi? Help ons!" gil Isis.

'n Vrou se gille met grom en brul tussen in, klink van iewers in die gange op.

Mense se kaal voete en die met sandale aan maak hol klanke soos daar gehardloop word.

Hulle storm 'n kamer binne. Al die mense se oë is met skok gerek.

Voor hulle in bloedplasse lê liggaamsdele en 'n kop van 'n vrou ... Isis.

Nie ver van die afgryslike toneel nie, lê baba Zuhayr met toe oë en bloed besmeerd.

En nie ver van die baba Zuhayr nie, lê Magkryger-meester Baladi, ook bloed besmeerd.

Voetstappe deur stewels se sole word gehoor en drie kinders, 'n dogter met twee seuns aan weerskante van haar verskyn agter die mense.

Serilda, Caydor en Roald, loop verby die mense nader aan die bloederige toneel.

In 'n kamer met met hiërogliewe in strokies langs mekaar en onder mekaar teen die marmermure, lê

151

Magkryger-meester Baladi op 'n bed waarvan die kopstuk en voetenent uit soliede goud bestaan.

Magkryger-meester Baladi se oë knip-knip oop.

Hy kyk en sien hoe, Serilda, Caydor en Roald aan weerskante van die bed staan.

"Magkryger-meester ..." begin Serilda, "wat het gebeur?"

"Dit het uit die skadu's gekom. Ek wou beskerm, maar dit was te sterk. Is Isis en die sint-prins ... gedood?" vra Magkryger-meester Baladi tog huiwerig.

Roald antwoord: "Isis is dood, maar sint-prins Zuhayr het oorleef. Hy was bebloed, maar die bloed was dié van sy moeder. Gelukkig het hy nie eens 'n krapmerkie aan sy lyfie opgedoen nie."

Daar is 'n verwarde verbaasde blik in die oë van Magkryger-meester Baladi. "Ek het self gesien hoe die wolf-monster ... Ek verstaan nie ... geen wonde?"

Caydor se gesig is vraend. Sy blonde kuif raak aan sy regteroogbank.

"'n Wolf-monster, Magkryger-meester Baladi? Is u seker? Wolf-monsters is uniek aan planeet Raggamajos verbonde. En in gedaantes verandering tot die wolf-monster, kan net deur Magkrygers bemeester word."

Magkryger-meester Baladi se oë is verwilderd. "Dit het alles so vinnig gebeur, Caydor. Miskien het ek my verbeel. Dit kon 'n eiesoortige monster of gedierte gewees het."

"Ek dink nie so nie, ek vertrou my intuïsie. Op die ingewing van die oomblik voel ek aan hier is komplot aan die gebeur."

"Wag, Caydor!" begin Roald. "Ek dink u moet rus, meester. Wat ook al tot aanval oorgegaan het, was van die Donkermag. Maar die magte het hul ontferm oor die sint-prins. Dit maak alles nou sin. Die gedaante wat tot aanval oorgegaan het moes uit 'n menslike gedaante verander het, en was dus die heeltyd in die tempel gewees. Maar soos ons weet, kan permanente beserings of dood nie opgedoen word as 'n gedaante nie werklik is nie, maar in dié geval was dit 'n poging tot moord op die sint-prins. Isis was vir die doel uitmekaar verskeur, en omdat sy nie aan die magte verbonde is nie, het sy gesterf. Maar die sint-prins wat verbonde aan die magte is, het geen permanente wonde opgedoen of gedood word nie. Antwoorde gaan nog geopenbaar word wie of wat deur die Donkermag beheer word."

Caydor kyk uitdagend na Roald. "Antwoorde gaan nog skokkende bewyse oplewer. Ek hoop net wanneer bewyse gelewer gaan word, sal dié wat verraad pleeg uitgelewer word. Maar tot dan, gaan ek alle leidrade tot dié gebeure noukeurig navolg en ek beloof, as ek op verraad of komplot afkom, gaan geen wolf-monster my stuit nie."

Magkryger-meester Baladi se oë is onrustig op Caydor gerig.

In die troonkamer kyk Sariyah die sint-koning, stip na Magkryger-meester Baladi, Caydor, Serilda en Roald.

"Gaan weg ... gaan nét weg! Neem die sint-prins met julle saam. Daar het moord van 'n ander planeet op my planeet plaasgevind!"

Magkryger-meester Baladi vou sy arms. "Dit bewys maar net hoe sterk die Donkermag is, U Majesteit ..."

"Genoeg! Laat staan jou verdere gepraat. Die Donkermag sal nie 'n bestaan kan voer met planeet Atlantias nie. Ek sal die planeet laat reinig sodra jy en die drie jong Magkryger-sinte met die sint-prins gelanseer het na planeet Lunazor ... Mag die heelal met jul wees."

Magkryger-meester Baladi, asook Caydor, Serilda en Roald, buig voor sint-koning Sariyah, draai voor die troon om en stap die troonkamer uit.

7

Planeet Raggamajos

Die leë kappie opening en die kappie opening met 'n geelbruin skedel met slagtande is op die helderpers-blou gesig verskynsel.

'n Sagte meisiestem van die skedel word gehoor.

"Jou eerste poging het dus misluk. Om in 'n wolf-monster te verander het daarvan niks goeds gekom nie. Die sint-prins lewe nog. Dit gaan al hoe moeiliker word om 'n sluipmoord op die sint-prins uit te voer," sê Lawakoningin Yeva ongelukkig.

Alhoewel vlees nie in die oogkasse voorkom nie, kan woede aangevoel word. Meteens praat die Lawakoningin Yeva met 'n grommende brullende stem.

"Stuur Balanka en dood daardie sint-prins! Al moet die drie Magkryger-sinte ook gedood word, maar dood die sint-prins!"

Die hologram gesig verskynsel verdwyn.

Die leë kappie opening is op die skedel gerig.

"Hoe ouer hy word, hoe kragtiger gaan die sint-prins word. Dit gaan vir die Donkermag al hoe moeiliker word om die heelalle te regeer. Wanneer die sint-prins volwasse is, gaan baie planete hul skaar onder die heerskappy van die sint-prins," sê die Tallottara-gees.

"Noem dit Tallottara aan dié wat jy met planeet-regeer omgekoop het. Jou transaksies loop op hoë pryse en mislukkings uit."

Lawakoningin Yeva loop deur die grot se wand en verdwyn.

Die Tallottara-gees se leë mou van die kleed voer 'n sweef beweging uit. In 'n hologramvorm verskyn Balanka. Sy buig tot op haar een knie.

"U bevel, meester ..."

"Dood die Magkryger-sinte, Caydor, Serilda, Roald, al moet jy ook vir Magkryger-meester Baladi dood, maar jy maak seker jy dood daardie sint-prins."

Balanka kyk weer na die vloer. "U wens sal uitgevoer word."

"Balanka, moet my nie teleurstel nie. Jy weet waartoe ek in staat is én jy is nie 'n uitsondering nie. Faal my en ek laat jou én jou vader boet vir jul mislukkings van vroeër."

'n Vreesaanjaende blik van Balanka is op die Tallottara-gees terwyl haar beeld verdwyn.

Blitsvinnig is daar weer 'n beeld voor die Tallottara-gees. Die beeld is van Arnikin Arrabel. Die helder ligblou oë bokant die swart doek oor die neus en mond is starend.

"Ek is op planeet Torontoro ..." sê Arnikin.

"Voer die daad uit soos ek aan jou beveel het, Arnikin."

Arnikin buig sy kop. "Ja, my heer."

Die beeld verdwyn.

Die goue sterskip, met hiërogliewe daaroor ster teen duiselingwekkende spoed dieper die sterre heen. Binne die hele sterskip heers 'n soet, rein reuk.

In 'n area van die sterskip verdwyn 'n holgrambeeld voor Magkryger-meester Baladi. Daar is 'n diep plooi tussen sy oë.

Voetstappe deur stewel-sole klink agter hom op en hy draai om.

Caydor gaan voor Magkryger-meester Baladi staan. Sy blonde kuif hang en raak aan sy regterwenkbrou. Sy blou oë het 'n opgewonde gluur.

"Die eerste keer dat ek in 'n sterskip ster wat deur die breinkrag van 'n baba geloods word ... 'n Baba!"

'n Glimlag vorm oor die lippe van Magkryger-meester Baladi. "Die wonders van die bonatuurlike en is vanuit die sterre is onbeperk, soos jy tereg sê, die breinkrag van 'n baba."

Die oë van Magkryger-meester Baladi is op Caydor s'n gerig. Meteens rek die oë en hy reik sy hand met bewende vingers na Caydor toe uit. Sweet slaan teen die wange van Magkryger-meester Baladi uit.

"Luister na my, Caydor, laat ek aan jou raak en laat my toe om jou gedagtes binne te gaan ..." Magkryger-meester Baladi beweeg nader aan Caydor wat versteen staan. Die vingerpunte van die hand raak aan die bors van Caydor.

"Magkryger-meester!" word vanuit 'n gang geroep en Roald hardloop die area binne.

"Ons het planeet Lunazor bereik!"

Magkryger-meester Baladi ruk na die hede en pluk sy hand teen die bors van Caydor weg.

"Soos jy gesê het, Caydor, die ongeloof, die loods van die sterskip en dít deur 'n baba en ons bereik planeet Lunazor die vinnigste ooit."

Caydor sit sy duim en wysvinger teen sy oë, so asof hy nou net wakker geword het.

"Hoekom sweet u so?" vra Roald.

Magkryger-meester Baladi lag ongemaklik. "Soos met jou, my liggaam is nie meer geskik teen sulke ontwikkelinge nie."

Caydor, wat nou heeltemal by homself is, kyk na Magkryger-meester Baladi. "Kom saam met ons na die brug," sê Caydor.

Hakkelend kom die stem van Magkryger-meester Baladi. "G-g-gaan julle ...ek s-sal binnekort aansluit ... e-ek uhm ... gaan nét!"

Magkryger-meester Baladi sien dat die twee seuns geskrik het. "Ek ... ek bedoel ..."

Roald knik. "U het baie deurgegaan op planeet Atlantias, selfs byna met u lewe geboet. Ons verstaan dus u optrede. U is moeg."

Caydor knik ook met sy kop. "Ek stel voor, meester Baladi, sodra ons die sint-prins gemaklik in die tempel het, vertrek u na planeet Raggamajos en gaan dan rus ... Kom, Roald."

Beide seuns draai om en stap weg van Magkryger-meester Baladi.

Sonnestelsel Karion

Vier planete met een planeet-grootte maan word in dié sonnestelsel gevind wat uit drie sonne in 'n driehoekvorm bestaan.

Die planeet in die middel word planeet Lunazor genoem. Die regeerders het eons terug besluit om planeet Lunazor te ontwikkel as een hele planeet stad. Daar is stede op stede op stede. Dit lyk asof planeet Lunazor tussen die sterre gloei weens die energie verligte stede.

Skuins onder planeet Lunazor is planeet Butolu.

Die regeerders het besluit om een planeet te ontwikkel en om alle natuur-lewens oor te bring na planeet Butolu. Die hele planeet Butolu bestaan uit wildreservate.

In 'n wentelbaan om planeet Lunazor is die planeet-grootte maan. Die maan bestaan uit watervalle. Watervalle oor helderbruin afgronde met heldergroen gedeeltes is versprei oor die afgronde. Die regeerders van planeet Lunazor het 'n deursigtige skild reg om die maan laat aanbring om die maan teen komete te beskerm. Behalwe dat die skild 'n vergrootglas effek met die maan het, is die maan ook geïsoleer.

Verder bo planeet Lunazor is twee planete wat in hul laaste fase van ontwikkeling is. Die planete heet Undu en Beadus.

Planeet Lunazor

Dit is nag oor die een helfte van planeet Lunazor.

Geboue toring na die hemelruim. Die vorms van die geboue wissel. Van hul is regop, van hul het tot vyftien draaie na bo, daar is roterende geboue en geboue wat se wooneenhede dwars opmekaar gestapel is. Al hierdie geboue is nie een korter as 1 kilometer nie, maar die lengtes verskil tot 15 kilometer hoog. Die geboue is warm belig.

Om die geboue is lugtuie.

Outomobiele sweef sentimeters bo snelweë asook tussen om die geboue heen.

'n Tempel is spesiaal in 'n kort tyd vir die sint-prins gebou en dit deur honderdduisend robotte.

Die tempel is 8 kilometer hoog en 5 kilometer breed en het 'n vierkant vorm.

Weens die boumateriaal waarmee die tempel gebou is, laat dit die gebou reënboogkleure weerkaats.

Reg bo-op die gebou in die middel is 'n piramide gebou van 300 meter hoog is en honderd en 50 meter breed. Die piramide is van soliede blokke van goud gebou met hiërogliewe regoor die hele piramide. Die piramide herdenk die herkoms van die sint-prins ... Planeet Atlantias.

8

Een planeet Lunazor jaar later

Planeet Lunazor hou feesvieringe ...Die sint-prins.

Die sint-tempel word met ekstra beligting verhelder.

Optogte en karnavalle met sierwaens met orkeste asook dansers is in die parke en tussen die geboue deur. Trompoppies en akrobate tree op.

Smeulende kosreuke heers.

Blinkers en stringe word uit die hoë geboue gestrooi.

Op ander planete word ook feesvieringe gehou ...

Sweet stroom oor die wange van Magkryger-meester Baladi wanneer 'n hologrambeeld voor hom verdwyn. Hy vee ergerlik die sweet met sy hande van sy gesig af.

In die agtergrond word die opgeruimde musiek en feesgangers gehoor.

"Hoekom so tens?" praat 'n stem agter Magkryger-meester Baladi en hy swaai al gillende van skrik om.

Voor hom is die deursigte gees van mag-Rommozor. Die deursigte gesig van mag-Rommozor is vraend.

"Ek staaf my by sint Caydor. Hy sê jy is baie gespanne," sê mag-Rommozor.

Magkryger-meester Baladi swaai sy arms. "'n Bogkind, wat weet hy?"

"'n Bogkind? Hy is 'n sint en 'n Magkryger. Hy word hoog aangeskryf deur die raad van Magkrygers én is so deur jou bevestig."

Magkryger-meester Baladi sluk en 'n ongemaklike glimlag is oor sy lippe. "Wat is u versoek?"

"My versoek? Jy kom terug na planeet Raggamajos, maar Caydor, Roald en Serilda bly vir eers in die sint-tempel. Ek voel verraad aan met 'n hoogs gevaarlike komplot."

Magkryger-meester Baladi lag. "Dit sal onmoontlik wees! Niemand behalwe die geselekteerde sinte, Kantans, of Magkrygers wandel tussen die gange van die sint-tempel nie. Ek keer terug met Caydor, Serilda en Roald met die volgende sonsondergang."

"Jy stel my teleur, Magkryger-meester Baladi. Jy sou enige ongemaklike gevoel van my ernstig opgeneem het."

"Maar ék doen en daardeur wil ek u gerusstel. Die tempel is 'n veilige hawe, kyk na die tempel. Die sinte, Kantans en Magkrygers, u moet alle vertroue in die tempel gee. Daar kan nie 'n sluipmoord op die sint-prins uitgevoer word nie."

"Wie het gepraat van die sint-prins in die algemeen? Ek het nie, ek verstaan jou dus nie. Dit is 'n sint-tempel waarop Caydor, Serilda en Roald op aanspraak kan maak, hulle ís sinte. Jy is moeg, Magkryger-meester Baladi, ek verwag jou so gou as moontlik terug op planeet Raggamajos, alleen. Caydor, Serilda en Roald bly op planeet Lunazor in die sint-tempel."

Die gees-beeld van mag-Rommozor verdwyn.

Magkryger-meester Baladi loop tot by 'n skuifdeur. Die skuifdeur skuif oop, maar voordat Magkryger-meester Baladi die kamer uitstap, kyk hy om na 'n muurkas. Die muurkas is van soliede goud met hiërogliewe daaroor.

Magkryger-meester Baladi stap die kamer uit en die deur skuif toe.

Met 'n klik-klak geluid, gaan die swaar soliede goud deur van die muurkas oop. Dit is asof die musiek al hoe harder van onder die gebou gehoor word.

Tussen klere wat hang, word stewels gesien. Stringe van geel-blonde gevlegte hare raak aan die enkels van die stewels. Die stewels tree die kas uit en die liggaam van 'n jong vrou word helder belig. Sy kyk na die hologramprojektor in die middel van die kamer en vinniger as 'n oogknip is 'n helder persblou verskynsel bo die hologramprojektor.

"Nou is dit jou kans, Balanka, dood die sint-prins en almal wat jou pad kruis."

Die hologrambeeld verdwyn.

Balanka se hande gaan na die buitenste kledingstuk. Metaal op metaal geluide word gehoor

162

en 'n opvou steel is in haar hande. Sekellemme is teen mekaar. Blitsvinnig voer haar hande bewegings uit en die steel is reguit met 'n sekellem aan elke punt.

Sy loop na die deur ...

In 'n kamer staan 'n ou man geklee in 'n swart jas met 'n plat mus op sy kop.

Voor hom staan drie kinders. ·

"Ons keer terug na planeet Raggamajos," sê Magkryger-meester Baladi.

"Ons?" vra Caydor verbaas, "volgens mag-Rommozor wat aan my verskyn het, sal nét u terugkeer na planeet Raggamajos."

'n Rooi gloed heers oor die wange van Magkryger-meester Baladi. "Wie is in beheer met die dade aangaande die Magkrygers, sinte en Kantans? Ek! Julle het dade wat vir julle wag op planeet Raggamajos. So gaan berei julle voor, ek styg wanneer die son sak."

Caydor het 'n uitdagende gluur. "U is ons meester. U het baie dade aan ons toevertrou en ons het dit uitgevoer soos met die sint-prins. Laat ek, Serilda en Roald eers vir 'n ruk op planeet Lunazor bly. My voorgevoel is onrustig aangaande die sint-prins."

Magkryger-meester Baladi loop nader aan Caydor. "Soos ek alreeds aan mag-Rommozor meegedeel het, die sint-tempel is veilig. Ons ster na Raggamajos sodra die sonne gesak het."

Serilda vat aan Caydor se skouer. "Gee jou vertroue aan die sint-tempel. Ons ster saam met Magkryger-meester Baladi na Raggamajos."

Caydor knik en glimlag sag. "Ek gehoorsaam 'n hoër gesag."

"Gaan berei julle voor," praat Magkryger-meester Baladi deur sy tande.

Roald en Serilda buig vlugtig en draai om.

Caydor staan nog voor Magkryger-meester Baladi.

"Iets wat jy aan my wil sê?" vra Magkryger-meester Baladi met ingehoue woede.

"U het altyd gesê, die heelal sal ons beskerm. Ek het maar net daarvoor gewag."

"Gaan berei jou voor, Caydor!" woede is oorheersend in die oë van Magkryger-meester Baladi.

Caydor buig vlugtig en draai terselfdertyd om.

Serilda en Roald het 'n kwaai gluur op Caydor.

In die kamer skyn sagte blou beligting vanuit ligskerms.

Die luidrugtigheid van onder die gebou word gedemp weens die klankdigte vensters.

'n Bababed van soliede goud met hiërogliewe daaroor staan in die middel van die kamer.

'n Glinsterig wat blits is afkomstig van die snykant van 'n sekellemwapen. Die sekellemwapen bewe in die hande van Balanka.

Spanning gepaard met vrees omring Balanka terwyl sy na die bababed loop. Die bababed kom al hoe nader. Balanka kyk oor die kant. Sy sien 'n baba se kop met die oë toe en mondjie effens oop, soos die baba slaap ...

Roald kyk hoe Caydor op die bed sit en voor hom uit staar. "Los dit nou, Caydor! Jy versuur die verhouding tussen Magkrygers en sinte!"

Caydor kyk met 'n plooi tussen sy oë na Roald. "Luister na jou eie instinkte, Roald! Iets is verkeerd! Ek het my instinkte probeer wegredeneer. Daar is 'n komplot. Die Donkermag het sy kloue in die Magkrygers."

Roald frons kwaai. "Is jy mal? Jy is negatief en daardeur konsentreer jy op negatiewe beelde. Ek voel geen negatiewe beelde of waarskuwings aan nie."

"Jy ignoreer dit, Roald!"

"Wat is jou idee, Caydor? Meteens verdink jy Magkryger-meester Baladi van verraad. Beheer jou denke. Moet nie afleidings maak uit negatiewe denke nie. Dit gaan jou oordeel benadeel soos nou."

"My oordeel benadeel? Jy en ek is as Magkrygers opgelei om juis alle ongerymdhede aan te voel én 'n Magkryger se oordeel is nooit verkeerd nie ... Nooit!"

"Daar is altyd 'n eerste keer," praat 'n stem en Magkryger-meester Baladi stap die kamer binne.

"Jammer, Caydor, ek bring verkeerde en negatiewe denke by jou op. Ek is 'n Magkryger en jou meester. Ek is maar net baie moeg en, wel ... gespanne..."

"Maar hoekom is u so gespanne?" vra Caydor.

"Ek wou hê alles moes volgens plan verloop totdat die sint-prins op Lunazor is en in die sint-tempel is. Maar nou is hy, en ons ster na planeet Raggamajos."

Magkryger-meester Baladi kyk die kamer deur. Hy frons na 'n ruk. "Waar is Serilda?"

Caydor gluur Magkryger-meester Baladi kwaai aan. "Twee kan nie dieselfde verkeerde afleidings maak om ongerymdhede, verraad én 'n komplot aan te voel nie."

"Waar is sy?" vra Roald. Meteens rek Roald se oë. "Die sint-prins, Caydor kom!"

Beide seuns storm die kamer uit.

Magkryger-meester Baladi het 'n ongemaklike blik.

Balanka staar byna versteen na die slapende baba. Sy bring die sekellemwapen hoër op en bo-oor die kant van die bababed. Sy laat die snykant van die lem op die keel van die baba rus. Die snykant van die sekellem druk 'n vou in die sagte keel van die baba.

Balanka se hande bewe en sweetdruppels slaan op haar voorkop uit. Sy trek aan die steel. Die lem sny oor die keel en 'n bloedstreep vorm waar die snykant van die sekellem die keel oopsny. 'n Breër bloedstraal vloei vinnig die wond uit.

Die baba se gesiggie toon meteens ongemak en die oë sper oop. Die baba-oë kyk in die oë van Balanka. Wanneer Balanka die sekellem na bo lig, is die snykant van die lem bloedbesmeerd.

Balanka draai haar rug na die bababed.

'n Keelskoonmaak geluid, laat haar weer omswaai.

Balanka kyk na die bababed en sien dit is leeg. Sy kyk in die glimlaggende gesig van Serilda waar sy langs die bababed staan. Haar keel is bebloed, maar daar is geen wond.

"Voordat jy die Donkermag laat weet dat jou daad suksesvol was, moet ek jou ten spyt meedeel, die Donkermag én jy het julle misgis met die magte, naamlik die sinte. O ja, die sint-prins is tans in die piramide. Nou, aangesien ek deur jou geblok word om 'n verraaier uit te wys ... wie is jou middelganger?"

Voetstappe deur sole van stewels laat Balanka omswaai. Sy kyk in die gesigte van Caydor en Roald.

Balanka het 'n uitdagende gluur. "Wat laat julle dink die sint-prins gaan 'n volwasse liggaam bereik?"

"Ons," antwoord Caydor uitdagend.

Balanka proes-lag, "En dit terwyl die sogenaamde magte aan die oorneem is deur die Donkermag. Wat 'n naïewe uitkyk. Arme sinlose sinte gaan terug na planeet Atlantias. Én leef 'n ruimte feëverhaal terwyl julle nog kan, want almal op planeet Atlantias gaan kaal rondnael onder die beheer van die Donkermag."

Roald frons. "Wat is 'n feëverhaal?"

Blitsvinnig voer Balanka se hande bewegings uit en die sekellemwapen roteer met silwer strepe deur die sekellemme met wind en kap geluide wat opklink.

"Jy is deel van een."

Balanka duik vorentoe en die silwer strepe van die sekellemme is rakelings oor die voorkant van Roald se broek. Hy duik agteruit en kom op sy boude te lande. Hy gryp tussen sy bene, en wanneer hy sy hand wegvat is die palm bebloed.

"Sy het my raak gekap!" gil Roald van skrik.

Balanka tuimel in die rondte en swaai die roterende sekellemme in Serilda se rigting, maar sy is weg.

Caydor se oë kyk na Roald, wat nog geskok sit. Hy sien hoe die silwer strepe al hoe nader aan hom is. Hy tree agteruit. Sy oë soek al om hom en hy sien ligskerms. Sy gesigsuitdrukking wys duidelik hoe hy sy breinkrag inspan. 'n Ligskerm verskiet van die beligting reg op Balanka af. Dit is asof die ligskerm in fyn stukkies deur die onsigbare lemme gekap word. Helderoranje splinters sprei weg van die roterende lemme. Nog twee ligskerms verskiet op Balanka af en helderoranje splinters versprei van die roterende lemme weg.

Balanka beweeg nader aan Caydor. Hy kan die koel winde van die lemme teen sy gesig voel. Sy kuif staan regop weens die winde.

'n Vlieg zoem met 'n hoë spoed die gange op en af. Liggame is in vae beelde so vinnig vlieg die vlieg. 'n Skrefie is voor die vlieg. Ligblou lig is deur die skrefie sigbaar. Die vlieg vlieg deur die openinkie en die helderblou lug is voor die vlieg.

Stadsgeraas heers en word oorheers deur die optogte en feesgangers.

Lugtuie klief deur die lug.

Die vlieg vlieg met 'n baie hoë spoed, na bo teen die tempel op. In vergelyking met die vlieg is dit asof die tempel heelal grootte is.

Verblinde reënboogkleure se strale heers voor die vlieg en blitsvinnig is die goue piramide voor die vlieg. Die vlieg vlieg na die balkon en so is die vlieg die piramide binne.

Caydor se hare staan nou regop weens die winde wat van die lemme afkomstig is.

Sy rug is teen die muur. Sy oë is groot gerek op die oë van Balanka, waar sy 'n vermakerige glimlag oor haar lippe het.

In die piramide, gloei beligting 'n sagte blou vanaf die ligskerms.

'n Groot bed met voetstukke uit soliede goud, word sag belig deur die beligting.

Sagte blou fluweel-deken het voue in die middel waar 'n een jaar-oue babaseuntjie, sint-prins Zuhayr slaap. 'n Soet, rein reuk heers.

Nie ver van die bed nie, staan 'n liggaam geklee in 'n swart jas met 'n plat mus bo-op die kop.

In die een hand wat gerimpel voorkom van ouderdom, word 'n dolk se hef omvou.

Voet voor voet beweeg die liggaam nader aan die slapende baba.

Voor die vlieg is die rugkant van die liggaam.

Die vlieg vlieg 'n sirkel maneuver en die liggaam se voorkant is voor die vlieg, maar dit is asof die liggaam nie die vlieg opmerk nie. Die liggaam beweeg nog sluipend op die baba af.

Meteens en vinniger as 'n oogknip verdwyn die vlieg en Serilda staan voor die ouman.

Haar oë is op die hand wat die hef van die dolk omvou.

"Magkryger-meester Baladi, en nou die dolk?"

Magkryger-meester Baladi het 'n verskrikte blik op Serilda. Hy reageer. "Ek het na my voorgevoel geluister, die sint-prins was in gevaar. Ek het die gevaar ingewag." Magkryger-meester Baladi wys die dolk na Serilda.

Sy knik. "Caydor was reg, daar is 'n komplot om die sint-prins te dood. Balanka het 'n sluipmoord probeer pleeg op die sint-prins, maar ek kon vir Balanka flous."

"Waar is Caydor en Roald?"

"Ek dink hulle is nog in stryd met Balanka."

Magkryger-meester Baladi knik en die dolk word weggesit. "Ons wag hier totdat hulle hier aansluit."

"Ek dink, Magkryger-meester, daar moet 'n permanente kryger by die sint-prins wees."

Magkryger-meester Baladi knik sonder om 'n woord te sê.

Die wind kap geluide is harder en aaneen. Die silwer strepe vorder al hoe nader en nader aan Caydor.

"Ek gaan alles van onder afkap totdat ek jou kop gaan afkap," sis Balanka.

'n Gedempte geluid agter Balanka klink op en sy vou agteroor. Met die, duik Caydor verby haar.

Balanka herwin haar balans, swaai om, maar niemand is agter haar nie. Dit is wanneer sy na bo kyk, dat sy vir Roald sien sweef. Hy het haar in die sweef in die rug geskop.

Met nog die sekellemwapen geroteer, spring sy die lug in op en kap na Roald, maar hy sweef blitsvinnig onderdeur die roterende sekellemwapen.

'n Ystervoorwerp tref Balanka teen die kant van die kop en met die fors van die inpak deur die voorwerp, val sy op haar sy neer. Vonke verskiet soos die sekel-lemwapen die vloer tref.

Balanka sien dat dit 'n roosterplaat van die lugvloeitonnel is wat haar getref het.

Caydor rig sy hand na nog 'n roosterplaat.

Balanka spring op en raap die sekellemwapen op. Sy gooi die sekellemwapen na Caydor.

Wind kap geluide klink op en met die kyk Caydor om en sien hoe silwer strepe wat die sekellemme is na hom toe geroteer kom. Hy duik op sy maag neer en die sekellemwapen roteer bo-oor hom, draai in die omwenteling om, roteer terug bo-oor Caydor en Balanka vang die sekellemwapen aan die steel.

Sy roteer weer die sekellemwapen en storm op Caydor af.

'n Vlieënde figuur sweef reg agter die rug van Balanka. Roald skop reguit in die sweef en sy stewels se sole tref Balanka in die lae rug. Sy vou na die gedempte knal agteroor. Sy beheer die sekellemwapen wat nog steeds roteer.

Die lemme kap rakelings teen Roald se rug op. Sy hemp word in repe gekap, en met dit skil die lemme vel oor die rug van Roald af. Gille heers van Roald en hy val met sy maag op die vloer neer.

Balanka is alreeds op haar voete. Sy swaai haar lyf om na Roald.

Haat oorheers haar gluur. Die sekellemwapen roteer na die nek van Roald.

Caydor se oë is gerek op die bebloede Roald se rug.

Hy bring sy hande tot voor hom, sy gesig is die ene spanning. Met alle beskikbare breinkrag, laat Caydor vir Roald wegskuif van die roterende lemme. En met nog breinkrag, word die sekellemwapen se steel opgefrommel en soos 'n soliede stuk yster val die sekellemwapen op die vloer neer.

Balanka gryp na haar kledingstuk en haar hand verdwyn die kledingstuk binne. Wanneer haar hand weer verskyn, is 'n blinkgepoleerde hef in haar handpalm. 'n Blinknat kwiksilweragtige lem vloei reguit die hef uit.

Die oë van Balanka is verwilderd. Eers op Caydor en dan Roald. Haar oë is nou op Roald. Met die pyn wat hy ervaar, kan Roald nie sweef nie.

Balanka steek na Roald. Die blinknat kwiksilweragtige lem se punt is op die nek van Roald.

Caydor se gesig is die ene konsentrasie en met breinkrag en telekinetiese krag, buig die vloeibare blinknat silwer lem blitsvinnig om en steek die buik van Balanka binne. Sy buig gillende vooroor en die vloeilem vloei die hef terug, bebloed.

Met krag, duik Caydor vir Balanka om en tot teen die vloer vas. Hy gryp stringe hare in sy hande vas.

"Wie is jou middelganger? Wie verraai die magte? Antwoord my!"

Balanka se stewelsole tref Caydor reg op die buik. Met die fors van die hou, word Caydor van Balanka weggeslinger. Hy kom tot op sy rug te lande.

Met kreune, gepaard met hewige pyn, staan Balanka op. Haar hande is bebloed deur die bloeiende buik. Sy gooi haar kop agteroor en haar stringe hare kom in lyn.

Wanneer sy haar kop na voor gooi, slaan stringe goudblonde hare vir Caydor deur die gesig. Persrooi merke verskyn oor sy wange en hy word deur die fors van die hou, reg om geslinger, maar keer met sy hande om nie op sy gesig te val nie.

Gillende van pyn, spring Caydor op en om. Hy kyk die vertrek deur, maar Balanka is nêrens te siene nie. Sy het een van haar vlug tegnieke gebruik.

Caydor loop na die lêende Roald. Bloed is oor sy rug besmeerd.

Seunshande vou in mekaar s'n.

Sag begin Roald te praat. "Caydor, ek voel aan wat jy aanvoel, daar is verraad teen ons sinte en Magkrygers. Die verraaier ... die verraaier is ... Magkryger ..." Roald verloor sy bewussyn.

Caydor knik.

"Ek weet, Roald, ek weet."

9

Met bloupers hale oor sy gesig, sit Caydor by 'n tafel.

Sagte hande vou oor sy skouers en Caydor kyk om en so in die gesig van Serilda.

173

"Magkryger-meester Baladi het my meegedeel, ons sal ster na planeet Raggamajos sodra Roald sterk genoeg is," sê Serilda.

Caydor kyk weer voor hom. "Vertrou jy hom, Magkryger-meester Baladi?"

Serilda het 'n verbaasde blik en kom langs Caydor op 'n stoel sit. "Natuurlik vertrou ek hom, Caydor! Ek vertrou hom met my lewe."

Serilda het nou 'n kwaai blik. "Hou op om Magkryger-meester Baladi te bevraagteken. En vir jou inligting, die raad van Magkrygers het gereël dat Kantans as deel van hul opleiding, as lyfwagte vir die sint-prins sal dien."

Serilda, nog met 'n kwaai blik, staan op. "Roald vra na jou, gaan na hom. Ek gaan na Magkryger-meester Baladi om hom geselskap te hou."

Caydor spring op. "Néé, Serilda!" Hy gryp haar om die bo-arm.

"Los my, Caydor! Ek is nie paranoïes soos jy nie." Serilda ruk haar los en stap weg van Caydor.

Caydor het 'n ongelukkige, maar kwaai blik op Serilda terwyl sy die vertrek uitstap.

Nou alleen in die kamer is Baladi se gesig glimlaggend op die helder persblou verskynsel gerig ...